ROBERT TINE

LE FLIC DE BEVERLY HILLS 2

*Traduit de l'américain par
Philippe Rouard*

D1322502

HACHETTE

L'édition originale de cet ouvrage
a paru en langue anglaise
chez POCKET-BOOKS (Simon & Schuster) New York, sous le titre :
BEVERLY HILLS COP II

Axel Foley, la fierté de la Criminelle de Detroit, s'habillait pour aller au turbin. En temps normal, cela n'aurait bouleversé ni Axel ni le monde : enfiler un blue-jean, un sweat-shirt, des tennis, et basta. Mais aujourd'hui les vêtements d'Axel étaient différents. Ils portaient des noms.

De sa penderie, dont le désordre décourageait toute tentative de rangement, il sortit une chemise Karl Lagerfeld, véritable merveille de pur fil. Dans sa tête, Axel commença à compter avec une joie carillonnante de caisse enregistreuse : 250 $. De sa commode, que vous n'auriez pu refiler à un brocanteur, même en le payant, il tira une paire de chaussettes Christian Dior : 75 $ de soie garantie.

Puis vint le complet Nino Cerrutti. Planté devant sa glace, Axel sourit aux 2 000 $ du Nino. Pas de doute, travailler pour la Crime, ça vous faisait souffler un vent de luxe sur la garde-robe. Dommage que pas un fil de ces quelques mètres de tissu griffé ne lui appartienne. C'était propriété de la police. Quand un flic devait s'infiltrer dans le milieu en se faisant passer pour un riche truand, il ne pouvait quand même pas s'habiller au supermarché du coin. Et ce rôle lui allait comme un gant, à Axel.

Il noua d'une main experte le nœud de sa cravate en jacquard de soie (300 $) et glissa à son poignet les 5 000 tickets de sa Patek Philippe ultra-plate. Puis, il prit sur la commode son 9 mm Browning, le glissa dans son holster réglementaire (7 malheureux dollars) qu'il portait sous l'aisselle, en se demandant quand Yves Saint Laurent sortirait enfin un étui à sa griffe. Il jeta un coup d'œil satisfait à son reflet dans le miroir. 7 625 $ de nippes sur le paletot, ça vous arrachait forcément un sourire attendri.

La métamorphose d'Axel n'était pas tout à fait achevée. Sa Chevrolet bleue, celle dont le toit de vinyle était plus ridé qu'un centenaire et à la carrosserie plus cabossée qu'un stock-car, avait été mise au rancart le temps de cette mission. A la place, Axel avait choisi quelque chose d'assorti aux fringues. Une Ferrari d'un rouge flashant comme un rubis, une reine du macadam, nerveuse comme trois cents pur-sang.

Elle brillait au milieu des tôles anonymes du garage de l'immeuble. Axel démarra le moteur, enclencha dans un cliquetis huilé la première vitesse du court levier gainé de cuir et, l'instant d'après, débaula dans les rues de Detroit. Il fila à travers East Grand, éclat d'amarante entre les eaux gris plomb de la rivière à sa droite et l'alignement gris charbon des immeubles à sa gauche. Des gosses qui jouaient autour d'une pompe à incendie déglinguée à coups de battes de baseball, s'interrompirent pour regarder passer l'arrogant.

«Combien il a raqué pour ça, d'après toi? demanda un kid de huit ans.

— Ça dépend d'combien il a d'tapineuses, répondit un vétéran de dix piges. J'dirais trois si elles bossent dans le coin, deux si c'est à Grosse Point ou Bloomington.»

Quand Axel s'arrêta à la barrière du parking de la maison Flic & Co, Bennie, le gardien grisonnant, hocha la tête avec dégoût.

La vitre de la Ferrari descendit sans bruit et le sourire d'Axel découvrit une denture éclatante qui fit pâlir d'envie les chicots noirâtres du gars Bennie.

«Qu'est-ce qu'il y a, Bennie? T'as jamais vu un nègre riche? C'est pas parce que j'ai fait quelques bonnes affaires que je suis pas toujours le même bon p'tit gars. Tu sais, tu devrais aller voir mon agent de change, il te filera peut-être un bon tuyau...»

Bennie releva la barrière. «Allez, dégage, Foley.»

Axel redémarra dans un crissement de pneus et se gara sur le parking aussi gai qu'une station de métro abandonnée. Il s'arracha au siège de cuir souple et tapota affectueusement le toit étincelant comme une paire de pompes de mac sicilien. C'est dingue comme ça peut vous attendrir un homme, une belle bagnole!

La brigade des enquêteurs occupait une salle au troisième étage, qui n'avait rien à envier au parking, question misère. Les hommes étaient assis derrière des bureaux qui avaient l'air d'avoir fait la traversée de l'Ouest en chariot et se cassaient les ongles sur d'antiques machines à écrire devant des tronches de voyous patentés ou de suspects qui, à en juger par leur air blasé, connaissaient par cœur la musique des interrogatoires.

Les hautes fenêtres de la salle avaient pour tout rideau un voile de suie, comme si une tempête de poussière avait soufflé des usines de la périphérie.

Axel traversa la salle, suivi par les regards de ses collègues.

«Hé! Foley, gueula Granby, un vieux flic dont la panse tendait la chemise en polyamide, on laisse rentrer que les vrais flics, ici!»

Axel se contenta de sourire, sans ralentir son pas chaloupé.

«Tiens, Granby, je croyais que t'étais à la retraite depuis belle lurette...

— Très drôle, Axel.»

Orvis, un jeune de la brigade, vint à la rencontre d'Axel.

«J'peux toucher, Foley? dit-il en tendant deux mains avides vers le veston d'Axel. J'ai jamais rien touché qui coûte plus de deux cents dollars.

— Lave-toi les mains d'abord, répliqua Axel.

— Nino? qui c'est ça? Tu t'appelles Nino, maintenant?

— C'est le nom du costume, crétin! Nino Cerrutti.

— J'peux le toucher quand même? J'ai jamais rien touché qui...

— Tu oublies ta mère, Orvis? J'ai entendu dire qu'elle touchait trois pensions alimentaires?»

Le visage d'Orvis se ferma comme une huître à marée basse.

«Hé! mec, grogna-t-il, plaisante pas avec ma mère.»

Des ricanements emplirent la salle. L'un des suspects aurait volontiers applaudi s'il n'avait eu des bracelets aux poignets.

Le jour venait à peine de se lever en Californie, et
Andrew Bogomil, de la Criminelle de Beverly Hills,
faisait son footing matinal sur la route de Ridgetop,
qui sinuait à travers les collines. Il passa les dernières baraques des millionnaires qui ronflaient paisi-
blement derrière leurs murs, leurs grilles et deux cent
mille dollars de systèmes de sécurité.

Bogomil prit un chemin de terre que voilait encore
la brume matinale. Ça le surprenait toujours qu'ici, il
y eût encore tant d'espace libre, dans les collines. Les
autres collines, celles qui moutonnaient plus bas,
jusqu'à l'océan Pacifique, n'offraient plus qu'une
incroyable mosaïque de toits enchevêtrés, abritant
des millions de gens qui ne pouvaient plus péter sans
réveiller leur voisin.

Mais là où il était on trouvait des pâturages et des
chevaux. Il venait d'en entendre un hennir devant lui,
à travers les traînées de brouillard.

Il ralentit sa foulée et essuya la sueur de son front
avec le bas de son T-shirt sur lequel était imprimé
noir sur blanc un sévère «BEVERLY POLICE
DEPARTMENT». La brume commençait à se dissi-
per sous les premiers rayons du soleil, et Bogomil
s'arrêta un instant, intrigué par le spectacle d'une
citerne de pétrole plantée au milieu d'un grand pré,
et pareille à une énorme boîte de conserve abandonnée là par un géant négligent. Il savait qu'on extrayait
encore du pétrole dans les collines. C'était l'or noir,
et non le cinéma, qui avait fait les premières grandes
fortunes de Hollywood. Mais, à sa connaissance, le
pétrole qu'on pompait encore du sous-sol était directement acheminé hors de la ville par oléoduc. Il

s'approcha du réservoir, en fit le tour en tapotant du plat de la main les plaques de tôle brillante, comme pour bien s'assurer de la réalité de ce qu'il voyait.

Il reprit sa route, l'air préoccupé, et s'arrêta de nouveau un peu plus loin pour contempler le double sillon laissé par les roues d'une voiture dans l'argile rouge du chemin. Les traces disparaissaient cent mètres plus loin, dans le tournant. Bogomil resta un moment immobile, perdu dans ses pensées.

La brume se levait rapidement, à présent, et il pouvait voir Los Angeles s'étaler à ses pieds, gigantesque patchwork de routes, d'autoroutes et de constructions s'étendant sur des dizaines de kilomètres le long de la côte. Se détournant du spectacle de cette tartine de béton qui flanquait le bord de l'eau à perte de vue, Bogomil contemplait les chevaux qui paissaient sur le flanc de la colline voisine, indifférents au va-et-vient des derricks installés sur la pente.

Voilà donc les pompes... pensa Bogomil. Il se retourna vers la citerne. Le pétrole est pompé par les pompes et mis en réserve dans le réservoir, constatat-il avec une logique accessible à un lecteur du *Digest*, avant de reprendre son footing.

Il couvrit la centaine de mètres qui le séparaient de la route. Les pompes, le réservoir... Oui, c'était logique, et pourtant ça ne collait pas.

Au moment où il revenait sur le macadam, une silhouette apparut derrière un rocher. L'homme avait épié Bogomil depuis le moment où celui-ci avait pénétré dans le pré. L'inscription sur le T-shirt du jogger ne lui avait pas échappé.

«Un flic de Beverly», dit-il à voix basse, crachant les mots avec dégoût.

*
* *

Une heure plus tard, Andrew Bogomil était chez lui, dans son bureau. Douché, rasé, prêt à partir au travail, il n'éprouvait pas le bien-être habituel que lui procurait son footing matinal. Le *Los Angeles Times* était ouvert devant lui à la page «Affaires», et il en épluchait les rubriques avec attention. Il releva à peine la tête quand sa fille, Jan, entra dans la pièce, une tasse de café fumante à la main. Elle avait vingt-deux ans. De son père elle avait hérité des yeux bleus et une minceur sportive flanquée de rondeurs adéquates. Ses cheveux châtain clair tombaient en ondulant sur ses épaules. Elle était belle à convertir un homo.

Jan posa la tasse sur le bureau.

«Merci», dit Bogomil sans lever les yeux de sa page.

Jan sourit. Elle connaissait son père. Il aurait pu se produire un tremblement de terre, il n'aurait pas bougé de sa chaise avant d'avoir terminé sa lecture.

«Papa, dit-elle, je travaillerai tard, ce soir. Tu pourras te débrouiller tout seul avec le dîner?»

Bogomil hocha la tête sans la regarder. Elle se pencha et l'embrassa sur la joue.

Elle allait franchir la porte, quand il décolla ses yeux de la page. «Hé, Jan, appela-t-il. C'est comme ça que tu me dis au revoir?»

Elle revint vers lui et lui donna un baiser de bonne petite fille.

«Au revoir, ma chérie. Et sois prudente en conduisant.

— Je suis toujours très prudente au volant, répliqua-t-elle en s'éloignant.

— Non, dit Bogomil, pas toujours.»

Il se renversa sur sa chaise et ouvrit un tiroir d'où il sortit un revolver dans son holster. Il vérifia qu'il n'y avait pas de cartouche engagée dans le canon et que le cran de sûreté était mis avant d'enfiler le holster. Le 38 collait à son torse sous l'aisselle. Il décrocha le téléphone et composa un numéro d'appel longue distance. Pendant qu'il attendait qu'on décroche, il découpa soigneusement l'article qu'il venait de lire et le glissa dans une chemise qui contenait déjà d'autres coupures de journaux et il allait les passer en revue pour la centième fois quand une voix nasilla dans le récepteur :

«Police de Detroit, j'écoute...

— L'inspecteur Axel Foley, s'il vous plaît.»

Il y eut un moment de silence avant que le standardiste passe l'appel. Foley décrocha à la première sonnerie. Bogomil n'eut pas le temps d'en placer une : Axel avait démarré plein pot.

«Vous êtes bien à la Maison Blanche. La Première Dame et moi sommes sortis faire la quête chez les pauvres afin de venir en aide aux citoyens les plus aisés...»

Bogomil ne put s'empêcher de glousser et tenta vainement d'interrompre le flot folyen. En vain. Axel avait des dons de bateleur d'estrade.

«Aussi, si vous avez une solution quelconque aux problèmes du Moyen-Orient, de l'U.R.S.S., ou si vous savez ce qui est arrivé à Michael Jackson, laissez un message...» La voix d'Axel affecta soudain une prononciation «nègre»... «Sinon, tu m'emme'des pas avec ton histoi'e, là !

— Axel, c'est moi, Andrew», arriva enfin à dire Bogomil.

Axel était visiblement enchanté d'entendre la voix de son aîné. Il se renversa sur son siège. «Andrew !

Comment ça va? Ils t'ont quand même bombardé patron de la brigade?»

Bogomil fronça les sourcils. Non, il n'avait pas été promu chef de quoi que ce soit. Et il y avait peu de chances qu'il le soit jamais. Mais sa voix ne trahissait aucune amertume.

«Non, Axel, pas encore. Et toi, tu es monté en grade?

— Non, répondit Axel, mais ça ne saurait tarder. Je suis en train de jouer les taupes pour la dernière fois, et ça me manque déjà.

— Ça te manque? Comment ça?»

Axel abaissa son regard sur la ceinture en croco de son futal milanais. Les missions d'infiltration pouvaient vous valoir une panoplie de prince, pensa-t-il, mais il n'y avait pas que ça. Des responsabilités plus grandes impliqueraient moins d'action.

«Tu sais ce que c'est, Andrew, je passerai mon temps à tenir des réunions avec une bande de trous-du-cul dans mon genre. Merde, j'finirai peut-être comme toi, gras et corrompu...»

Bogomil sourit, mais il ne renvoya pas la balle. Au lieu de cela, il alla droit à ce qui le préoccupait.

«Écoute, Axel, je vais devoir annuler notre partie de pêche.»

Axel eut une grimace de déception.

«Merde, et moi qui voulais t'apprendre comment remonter un marlin de trois cents kilos.

— Désolé, Axel.

— Non, ça m'arrange dans un sens, dit Foley. Je suis sur une histoire de fausses cartes de crédit. Et il ne me manque pas grand-chose pour coincer ces bâtards...» Il marqua une pause. «Mais qu'est-ce qui se passe chez toi? Vous arrêtez les patineurs qui n'ont pas de permis, les piétons qui traversent au rouge?»

Bogomil sourit, une main protectrice sur la chemise devant lui. C'était ça, la raison de l'annulation de la partie de pêche.

« Ouaip, fit-il, un salaud a kidnappé tous les profs d'aérobic de la ville et la graisse envahit les rues. C'est la panique.

— C'est terrible, gémit Axel, vraiment terrible. Si ça t'ennuie pas, je préfère encore Detroit à ton paradis pour obèses.

— Comme tu voudras, Axel.

— Écoute, tu pourrais quand même me dire ce qu'il y a de si important pour que tu annules notre semaine de vacances, non ? »

Il y eut un silence au bout de la ligne. Bogomil n'avait nullement l'intention de cacher quoi que ce fût à son ami. En réalité, il n'était pas sûr de son fait... Pas encore.

« C'est... Écoute, je suis sur un coup, c'est vrai, mais je ne sais pas encore de quoi il retourne vraiment. Je te raconterai tout dès que j'en saurai davantage... » Bogomil consulta sa montre. « Axel, je suis en retard. Il faut que j'y aille. Prends bien soin de toi, d'accord ?

— T'inquiète pas pour moi. Je suis comme neuf. Hé ! n'oublie pas de foutre un coup de pied dans le cul à ce cher Rosewood de ma part, tu veux bien ? »

Bogomil secoua la tête en riant.

« À bientôt, Axel. Je t'appellerai la semaine prochaine. »

Axel raccrocha. Il resta pensif pendant un moment. Il n'était pas vraiment surpris. Andrew Bogomil était un bon flic. Le devoir d'abord, le plaisir ensuite. Axel professait une philosophie différente. Pour lui, devoir et plaisir ne faisaient qu'un.

2

Rodeo Drive, Beverly Hills. La rue la plus riche dans la communauté la plus riche du monde. Ici, la Ferrari d'Axel n'aurait pas fait tourner une seule tête. A dix heures du matin, il y avait déjà cinq Testa Rossa garées dans Rodeo, et trois autres dans Wilshire. Il y avait davantage de Rolls Royce maraudant à la recherche d'une place de parking que de piétons arpentant le trottoir. Des limousines longues comme des wagons, leurs vitres teintées protégeant leurs occupants des regards curieux de la plèbe touristique, allaient et venaient en chuintant sur l'asphalte.

Aux yeux des résidents de Beverly Hills, le costume milanais d'Axel aurait peut-être trouvé grâce pour aller déjeuner chez Spago ou à la terrasse du Bistro — mais pas plus. Les nippes de luxe, ce n'était pas ce qui manquait dans les parages.

De toutes les boutiques de Beverly, aucune n'était plus chère ni plus sélecte que celle d'Adriano. N'importe où dans le monde, il est relativement simple de se vêtir. On prend de l'argent, on entre dans un magasin, et on achète ce qu'on veut... selon ses moyens. Rien de tel à Beverly Hills, en tout cas pas chez Adriano.

Chez Adriano, il fallait d'abord téléphoner pour prendre rendez-vous. Pour obtenir qu'on vous reçoive, il fallait ensuite qu'Adriano vous ait jugé assez «convenable» pour vous permettre de lui acheter quelque chose. Et si, Dieu vous pardonne, vous vous pointiez sans rendez-vous, alors Raul, l'apollon musclé qui gardait la porte, vous dissuadait courtoisement d'insister.

Raul jaugea d'un œil averti la Cadillac noire qui s'arrêtait devant l'entrée. Il avait déjà vu des gens pas comme il faut sortir de voitures qui l'étaient. Le chauffeur s'empressa d'ouvrir la portière du passager sous le regard attentif de Raul.

Une jambe superbe, gainée de soie noire, apparut. Puis une autre. Raul, pourtant blasé, attendit la suite avec intérêt. Et quand Karla Fry émergea de la voiture et dressa sur le trottoir son mètre quatre-vingts de dynamite sexuelle, le portier musclé se dit que cette femme-là était tout à fait le genre de personne qui pouvait entrer chez Adriano. S'il n'avait tenu qu'à lui, il aurait ouvert la boutique un jour de Noël pour un lot pareil.

Raul ne pouvait détacher son regard de la femme. Les cheveux noirs cascadaient sur les épaules. Sous le chemisier de soie, les seins devaient être parfaits. Elle souriait, et son sourire irradiait comme une lampe à ultra-violets. Il avait l'impression qu'il aurait bronzé rien qu'à se tenir un instant devant elle. Mais il ne

14

pouvait pas voir ses yeux, cachés derrière des lunettes de soleil réfléchissantes. Il avait beau la dévisager,
c'était sa propre face ébahie qu'il voyait. N'empêche,
il les imaginait ces yeux, sombres, veloutés et...

Le sac à main de la belle venait de choir sur le trottoir, répandant un peigne, une trousse à maquillage,
un portefeuille, de la monnaie. Sur-le-champ, Raul
fut à genoux, à ramasser les objets tout en essayant de
trouver les mots miraculeux qui séduiraient la déesse.

Mais ce fut elle qui entama la conversation — avec
l'aide d'un 38 chromé. Après les jambes et le reste, ce
fut sur la gueule sombre du revolver que Raul loucha.

«Tu fais ce que je te dis, chéri, susurra-t-elle
comme si elle s'adressait à son amant. Compris?»

Raul acquiesça. Il avait pour principe de ne jamais
contrarier quiconque pointait sur lui une arme à feu.

Un sourire voleta sur la gueule d'amour. «C'est
bien, ça. Relève-toi lentement, passe devant et ouvre
la porte.»

Raul fit comme on lui disait. Il n'avait jamais
été un surdoué, mais il comprit qu'Adriano allait se
faire braquer par la femme le plus bandante qu'il eût
jamais vue.

«La clé, dit-elle suavement. Vas-y, ouvre.»

Il tira la clé de la poche de son uniforme et déverrouilla la porte. Le lourd battant pivota sans bruit et
Raul entra, suivi par celle dont il avait toujours rêvé.

Le magasin était une véritable cathédrale de verre
et de chrome, fraîche, feutrée, dédiée aux bijoux les
plus fins, aux fourrures les plus somptueuses, aux
vêtements les plus élégants du monde. Bref, l'air
puait le fric. Pas un bruit de la rue ne venait troubler
la quiétude de ce temple de la parure. Quelques femmes flânaient autour des modèles exposés, sous la
vigilance servile des employés prêts à répondre à

tous les désirs de ces élues. La bijouterie était située à l'entresol, et les pierres les plus précieuses scintillaient sous les feux du grand lustre de cristal qui pendait du plafond voûté.

Nancy, l'hôtesse chargée des rendez-vous, était assise à un élégant bureau dans le hall d'entrée. Elle leva la tête et sourit à Raul. Rien à dire, la cliente qui le suivait avait le look Adriano. Elle vérifia sur son agenda qui était attendu à 11 h 30. Personne. Elle releva la tête et, cette fois, elle vit le canon court du 38 jouer les pendentifs à l'oreille du portier.

«Hé!» fit-elle seulement.

Karla murmura à Raul : «Ferme la porte et reste pas planté devant, mon chou.» Sa voix avait la douceur du satin, son haleine une senteur de rose sous la rosée matinale. Nancy se leva, «Qu'est-ce que...» Adriano, qui s'appelait en réalité Adrian Applethorpe, ne lui pardonnerait jamais ça.

«On la boucle», siffla Karla. «Ferme la porte», répéta-t-elle moins âprement à Raul. Le bellâtre s'exécuta, les mains tremblantes.

Nancy eut soudain la trouille. Fallait pas avoir consulté une voyante la veille pour se douter que cette cliente-là n'hésiterait pas à faire usage de son flingue. Il y avait de belles choses chez Adriano, mais rien qui valût la peine de risquer sa vie pour les défendre. Nancy n'hésita pas : elle ferait ce qu'on lui dirait de faire, puis se chercherait une autre place, voilà tout. Dans un bled paumé du Montana, de préférence.

La scène avait attiré l'attention de quelques clientes et des vendeurs. Karla avait le don d'attirer les regards.

«Elle a un revolver!» glapit une femme qui sentait son million de dollars à plein nez.

Antoine, son vendeur chouchou — charmant jeune

homme, si attentionné et tellement français — en perdit net le mignon zézaiement de son accent *made in France*. «Merde alors!» lâcha-t-il d'une voix où passait un fâcheux écho de Brooklyn.

«A plat ventre, tous!» ordonna sèchement Karla. Personne ne bougea. «A plat ventre!» répéta-t-elle, d'un ton pareil à un coup de fouet, et, cette fois, chacun s'allongea sur l'épaisse moquette tout en s'efforçant de se rappeler les recommandations de la police en pareilles circonstances. Antoine fut le premier à s'en souvenir. *Jouez pas les héros*. C'est ça que disait la police. Ne joue pas les héros, se répéta-t-il avec la ferveur d'un ahuri de Krishna récitant ses mantras.

Une voix contrariée parvint de la mezzanine. Francisco, l'un des responsables des étages, se penchait pardessus les dorures de la balustrade.

«Qu'est-ce que vous croyez faire? couina-t-il.

— Amène tes fesses ici, toi! rétorqua Karla.

— Non, mais pour qui...»

La détonation ébranla tout l'immeuble. L'angelot doré de la balustrade en perdit à jamais sa petite gueule séraphique. En même temps que la fumée âcre de la poudre, la voix de Karla s'éleva de nouveau.

«Descends.»

Francisco avait changé d'avis. Il descendit les marches à la hâte en espérant que lui aussi aurait la permission de s'allonger par terre. Mais Karla avait d'autres projets. Elle s'avança à sa rencontre et, l'empoignant par son cachemire, lui fit traverser la salle sans ménagements et le poussa dans le couloir menant à la porte de service — une porte en acier qui donnait sur l'arrière de l'immeuble.

Elle lui chatouilla le cou du canon chromé.

«Ouvre!» Il disposait de tout un trousseau de clés de sûreté, et le tremblement qui agitait ses mains ne lui facilitait pas la tâche. Après de longues secondes où l'on n'entendit que le claquement de ces castagnettes métalliques, il réussit tout de même à trouver la bonne clé et à ouvrir.

Francisco pensait avoir touché le fond de la peur, mais, quand une main gantée de cuir noir repoussa le battant, sa trouille grimpa encore d'un cran. Là, devant lui, deux hommes vêtus de noir de la tête aux pieds bloquaient l'entrée. Les bas nylon qu'ils avaient enfilés sur leurs têtes leur déformaient horriblement les traits. L'un d'eux portait à l'épaule un holster contenant le plus gros revolver que Francisco eût jamais vu. Un canon n'aurait pas été moins discret.

«Jésus Marie!» s'écria-t-il. Mais avant qu'il n'ait eu le temps d'invoquer le reste de la famille divine, Karla lui balança un solide crochet de sa main armée, et la jolie crosse chromée cueillit le chef vendeur au menton. Le coup lui disjoncta les méninges, coupant le jus à des jambes qui l'avaient à peu près soutenu jusqu'ici. Francisco s'écroula avec un bruit sourd sur la moquette.

Un van avala la courte allée en marche arrière et s'arrêta dans un crissement de pneus devant la porte de service. Le chauffeur bondit de son siège, ouvrit à la volée le hayon arrière, fit glisser une rampe de chargement et, de son pouce levé, indiqua à Karla qu'il était prêt. Karla lui répondit d'un hochement de sa jolie tête, fit signe aux deux autres types masqués, et tous trois regagnèrent l'intérieur du magasin où la clientèle broutait toujours la pure laine. Personne n'avait profité de l'intermède pour jouer les héros.

Campée sur ses longues jambes, Karla se tint au-dessus de Raul et de Nancy, le 38 pointé sur la tête du portier, un chronomètre dans la main gauche. Elle déclencha la trotteuse. «Deux minutes!» fit-elle.

Les deux hommes s'élancèrent comme pour un cent mètres. Ils avaient répété cent fois la scène. Uniquement les bijoux et les fourrures, avait dit Karla. Rien d'autre. Le poil et la joncaille, ça payait plus et c'était plus facile à écouler.

L'un d'eux fila vers l'entresol en tirant une moitié de batte de base-ball et un sac de sa ceinture. L'autre, celui au gros calibre, empoigna un long portemanteau à roulettes auquel pendaient une vingtaine de manteaux de fourrure à cent mille dollars pièce et le roula jusqu'au van.

Puis le verre commença à voler en éclats. L'homme à la batte, à l'entresol, courait de vitrine en vitrine, brisant les vitres et raflant les bijoux par poignées — diamants, rubis, émeraudes — avant de les fourrer dans son sac.

Karla regarda son chronomètre. «Une minute!» annonça-t-elle. Les deux casseurs accélérèrent. Toutes les quinze secondes une vitrine éclatait, et le verre éclaboussait la moquette comme l'écume d'une vague. Deux autres portemanteaux enfilèrent le couloir de derrière.

«Trente secondes!» fit Karla d'une voix calme.

D'autres bijoux disparurent dans le sac, et un quatrième portemanteau escalada la rampe du van.

«Quinze secondes!» claqua la voix de Karla.

Couchée sur la moquette, Nancy était sûre qu'elle allait devenir folle. Le bruit du verre brisé, le ton glacé de cette femme mystérieuse, tout cela lui tapait dangereusement sur la cafetière. Elle éclata en sanglots qu'elle étouffa de son mieux dans l'épaisseur de la laine. Raul, à côté d'elle, avança instinctivement la main pour la réconforter. Karla vit le geste du coin de l'œil. Elle arma le chien du 38.

«Si tu bouges encore, siffla-t-elle, tu peux dire adieu à ta gueule, mon chou.»

Raul décida que Nancy était une grande fille et qu'elle n'avait pas besoin de réconfort.

Tous sursautèrent quand Karla cria : «Terminé!»

D'un coup, tout s'arrêta — les mouvements, le bruit, les respirations. Tout, sauf les sanglots de Nancy. Le type de la mezzanine referma son sac et dévala l'escalier quatre à quatre. Dans l'allée le moteur du van vrombissait d'impatience. Karla s'écarta de Raul et Nancy, et rejoignit l'homme au gros revolver. Elle lui fit un signe de tête, et le type grimaça un sourire sous son masque. Le moment était venu de s'amuser un peu. Il tira son arme du holster. Un 44 magnum automatique. Ça vous arrêtait un camion de lait, ce truc.

Il commença à ouvrir le feu sur la riche décoration. Les appliques chromées sur les murs éclatèrent en une pluie brillante. Les somptueuses parures dans leurs penderies d'acajou se criblèrent de plus de trous que si elles avaient été bouffées aux mites pendant des siècles. Les précieux flacons de parfums rares explosèrent, libérant des senteurs voluptueuses qui se mêlèrent à l'âcre odeur de la cordite. Le lustre, à son tour, subit un feu nourri, se mit à pisser des larmes de cristal qui donnèrent aux allongés une envie désespérée de disparaître sous la moquette.

Deux balles suffirent à sectionner l'attache, et la gigantesque pièce montée de verre s'abattit sur le sol comme une météorite.

L'homme devait être un perfectionniste, car il continua de tirer. Les douilles roulaient à ses pieds. On aurait dit qu'il essayait de saper les murs eux-mêmes. A la fin, Karla lui fit comprendre d'un coup de coude sur le bras que ça suffisait. Il s'arrêta à contrecœur. Un lourd silence s'abattit sur le magasin.

Karla enjamba un tas de verre brisé et posa une enveloppe sur le sol devant Raul. «Quand les flics arriveront, roucoula-t-elle, donne-leur ça.» Un grand A majuscule s'étalait sur l'enveloppe.

Puis ils filèrent, trois ombres noires que le couloir parut engloutir. Personne ne bougea. On entendit le van démarrer mais, sur le coup, personne n'osa relever la tête.

Plus tard, tous seraient surpris d'apprendre que le moment le plus long de leur vie n'avait duré que six minutes. Plus stupéfiant encore était le fait que personne n'avait été blessé, hormis Francisco, bien sûr.

Antoine se sentit merdeux pendant plusieurs semaines. Il se reprochait de n'avoir rien fait ni tenté. Les occasions de se montrer héroïque étaient pourtant rares dans la vie.

3

Beverly Hills, police comprise, n'avait jamais imaginé opération criminelle comparable au raid effectué chez Adriano. D'autres magasins, certains presque aussi sélects, avaient déjà fait l'objet de cambriolages ou d'attaques à main armée, mais qu'une telle razzia, suivie d'une telle mise à sac, ait pu avoir lieu en six minutes, en plein jour, devant une douzaine de témoins, cela ne s'était jamais vu à Beverly, ni même ailleurs — du moins à la connaissance de Bogomil.

Pour couronner le tout, les braqueurs avaient laissé un message : cette enveloppe marquée d'un A majuscule suggérait qu'il y aurait un raid B, un raid C, et ainsi de suite... jusqu'à ce qu'on les arrête. Quant au contenu de l'enveloppe proprement dit, il n'apprenait pas grand-chose aux enquêteurs.

Bogomil relut pour la nième fois la série de quatorze chiffres, une espèce de code qui pouvait tout dire — ou rien. Un cryptogramme aussi laconique qu'inquiétant.

Bogomil était perplexe, et surtout contrarié. L'impulsif Billy Rosewood, toujours prêt à rendre service, avait encore eu une idée qui, comme toutes les idées de Rosewood, s'était révélée une belle gaffe.

Le voilà justement qui passait la tête par la porte entrebâillée du bureau de Bogomil. Taggart, son solide coéquipier, se tenait derrière lui.

«Monsieur...» commença Rosewood, aussi circonspect qu'un chat échaudé.

Bogomil leva les yeux de ses papiers.

«Qu'y a-t-il, Rosewood?»

Billy faisait de son mieux pour se rendre utile.

«Euh... le *Times de Los Angeles* a reçu une lettre comme celle-ci il y a deux heures environ», dit-il en désignant le cryptogramme qui gisait sur la table.

Taggart roula de grands yeux.

«Il le sait déjà, ça, Billy.

— Ah! bon», fit Billy, l'air ahuri.

Bogomil se replongea dans la contemplation du message : 17 01 19 10 09 05 25 13 01 25 23 17 01 02. Qu'est-ce que cela pouvait bien signifier? Il se frotta les yeux, écarta la feuille d'un geste agacé et regarda Billy. Rosewood s'agita nerveusement.

«Pourquoi vous êtes-vous mêlé de cette affaire, Rosewood?» Andrew faisait de son mieux pour ne pas laisser éclater sa colère.

Rosewood fourra les mains dans ses poches d'un air brave. Il était bien décidé à se défendre. Travailler avec Axel Foley avait quelque peu changé le jeune enquêteur. Il était beaucoup moins enclin qu'auparavant à suivre le règlement à la lettre. Ça ne vous menait nulle part, toutes ces contraintes.

23

«Écoutez, capitaine, j'ai seulement pensé qu'il y avait peut-être un moyen de déchiffrer ce code. J'ai un copain qui...»

La détermination de Rosewood fit long feu plus tôt qu'il ne l'avait prévu. Peut-être à cause du regard que Bogomil lui lança.

«Vous n'êtes pas chargés de cette enquête, Taggart et vous, l'interrompit Bogomil, impatient. Je vous rappelle que vous vous occupez pour le moment de cette histoire d'extorsion de fonds, l'affaire Peterson.»

Rosewood ouvrit la bouche pour répondre, bien qu'il ignorât ce qu'il allait pouvoir dire, mais il n'eut jamais l'occasion de placer un mot. Harold Lutz, l'irascible et tout nouveau patron de la brigade criminelle de Beverly Hills, débaula à cet instant-là dans le bureau du capitaine. L'homme avait le visage rougeaud et autant de grâce qu'un train de marchandises.

Lutz enrageait, et tout le monde devait en profiter. «Bogomil! aboya-t-il, ignorant Taggart et Rosewood. Vous et vos hommes, dans mon bureau! Tout de suite!» Le train fit marche arrière et repartit dans un sifflement colérique.

Andrew Bogomil soupira, se leva et enfila son veston. Leur ancien patron était un homme dur mais juste. Lutz n'était rien d'autre qu'un tyranneau éperdu d'importance. Son prédécesseur n'avait jamais pratiqué de favoritisme ni toléré la flagornerie. Lutz, lui, se faisait une règle du premier et encourageait la seconde. Et ceux à qui ça ne plaisait pas n'avaient qu'à aller voir ailleurs. Beaucoup l'avaient déjà fait. D'autres avaient été virés, purement et simplement.

«Allez, venez, vous deux, dit Bogomil à Taggart et Rosewood. Vous avez entendu le patron. Dans son bureau.

— Faut pas faire attendre le bon dieu», marmonna Rosewood.

Le capitaine se retourna vers lui, les yeux étincelants de colère. «Je ne veux pas entendre ce genre de remarque, Rosewood!»

Taggart savait qu'il valait mieux la fermer, mais il l'ouvrit quand même. «Allons capitaine, il a viré ou forcé à démissionner tous les anciens! Nous sommes les trois derniers à rester.

— C'est lui, le patron, grommela Bogomil d'un air sombre. Et tant qu'il le sera, sergent, vous garderez vos réflexions pour vous.»

Taggart hocha la tête, ravalant sa propre colère. «Oui, monsieur.»

Bogomil enfila le couloir d'un pas raide, ses deux hommes derrière lui. Comme ils traversaient la salle de la brigade, les policiers assis derrière leurs bureaux remercièrent le ciel de ne pas être à la place de ces trois-là.

«Décidément, t'en rates pas une, Billy, grinça Taggart entre ses dents. Tu croyais vraiment pouvoir déchiffrer ce code? T'es dingue ou quoi?»

Rosewood essaya de faire comprendre à son collègue ce qu'il avait tenté de faire.

«Écoute... les relations extérieures, c'est vachement utile quand on veut être indépendant.»

Taggart s'arrêta net. Il regarda son partenaire avec des yeux ronds.

«Indépendant? *In-dé-pen-dant?* Pour qui tu te prends? Pour Axel? On travaillait même pas sur cette affaire!»

Rosewood trouva l'argument de Taggart odieusement conformiste. Du diable s'il s'en laisserait conter par le respect du règlement!

«Allez, Taggart, je sais bien que tu as des problèmes chez toi, dit-il, patelin. Détends-toi, ça ne sert à rien de remâcher tes ennuis conjugaux.»

Taggart regarda son coéquipier comme si celui-ci était devenu fou.

Billy feignit de l'ignorer.

«Tout finira par s'arranger. Fais-moi confiance.

— T'as raison, dit Taggart en grimaçant de dégoût. Je me sens déjà mieux.

— Tu vois, c'est bien ce que je te disais», conclut Billy, en suivant Bogomil dans le bureau de Lutz. Taggart lui emboîta le pas en secouant la tête d'un air consterné.

Assis derrière un bureau aussi grand qu'une table de ping-pong, Lutz se retenait de ne pas sectionner son cigare entre ses dents. Le fait que le maire, Thomas Egan, se trouvât lui aussi dans la pièce, occupé pour l'instant à téléphoner, l'empêchait de laisser éclater sa colère. Walter Biddle, premier lèche-cul de la maison et bras droit de Lutz, attendait dans son fauteuil avec une impatience non dissimulée le savon que son chef bien-aimé allait passer à Bogomil et à ses deux loustics d'enquêteurs.

Il n'eut pas à attendre longtemps. Lutz commença par Rosewood.

«Espèce d'abruti!» tonna-t-il.

Le maire plaqua sa main sur le microphone du combiné. Rosewood pâlit.

«Vous avez demandé à un agent du FBI de déchiffrer ce code? C'est une affaire locale, crétin, et ça veut dire que ce sont mes hommes à moi qui la résoudront! C'est clair, Roseweed?

— Rosewood, monsieur...

— La ferme!» aboya Lutz.

Il ramassa une photocophie du message des braqueurs de chez Adriano et la jeta à Bogomil.

«Et vous!» beugla-t-il. Bogomil le regarda, impassible, alors que la rage bouillonnait en lui comme une casserole d'eau oubliée sur le feu. «Capitaine Bogomil, c'est bien vous qui êtes chargé de l'enquête, non?»

Biddle avait l'air aussi réjoui qu'un gosse le jour de la sortie des classes.

Lutz avait baissé la voix. Les coups les plus vicieux se passaient de décibels.

«Avez-vous donné l'ordre à Roseweed de...»

Rosewood décida d'intervenir. C'était tout de même lui, le responsable.

«Monsieur, ce n'est pas le capitaine qui a appelé le FBI, c'est moi.»

Le visage de Lutz s'empourpra un peu plus. C'était le mea-culpa de Bogomil qu'il voulait entendre.

«Taisez-vous! cria-t-il à Rosewood.

— Le capitaine Bogomil ignorait tout de ma démarche», insista Bill, se balançant, mal à l'aise, sur ses jambes.

Le regard de Lutz pivota en direction de l'importun avec une amabilité de cobra dérangé dans sa sieste. «Je vous ai dit de la fermer.» Lutz révisa rapidement son plan destiné à se débarrasser de Bogomil. Si celui-ci n'avait pas lui-même contacté le FBI, ses hommes l'avaient fait, et le capitaine était responsable de ses hommes. Lutz frétilla d'aise. Il tenait le capitaine. Rosewood et Taggart pouvaient attendre; c'était Bogomil qu'il voulait. Lutz savait que ce dernier était bien meilleur policier que lui. C'était Bogomil qui aurait dû être le patron. Il constituait une menace, et Lutz devait l'éliminer au plus vite.

«Donc Roseweed a appelé le FBI, et vous n'en avez rien su...» Il frappa du poing sur la table. «Eh bien, voilà qui confirme bien des choses...» Il hocha

27

la tête d'un air écœuré. «Comment pouvez-vous vous considérer comme un officier de police responsable quand vous n'êtes même pas capable de contrôler les activités de vos subordonnés? Vous vous êtes toujours révélé comme un élément négatif depuis que j'ai repris en main ce service, Andrew. Mais là, vous avez dépassé les bornes...» Lutz marqua une pause avant d'assener le coup de grâce. «Vous êtes suspendu de vos fonctions, capitaine Bogomil. A l'instant même.»

Le maire raccrocha sans bruit le combiné. Un lourd silence tomba dans la pièce. Rosewood sentit son estomac se nouer. Tout cela était sa faute. Incrédule, Bogomil restait bouche bée. Lutz et Biddle bichaient. Taggart aurait aimé être ailleurs.

Ce fut Bogomil qui retrouva le premier ses esprits.

«Et pour quel motif? demanda-t-il d'une voix calme.

— Pour incapacité à diriger et à superviser le travail de vos subordonnés», répondit Lutz, comme s'il citait un article du règlement.

Cette fois Bogomil éclata.

«Bon Dieu, Harold, j'ai peut-être quelque chose à dire...

— Arrêtez de gueuler, beugla Lutz. Et appelez-moi chef Lutz, capitaine...» Il coula un regard complaisant en direction du maire. «Ce vol à main armée pourrait nuire au maire autant qu'à moi-même. Je ne permettrai pas que cette enquête soit sabotée par votre incompétence.»

Bogomil détourna les yeux vers la fenêtre en se faisant violence pour ne pas se faire coller en plus une inculpation pour «coups et blessures sur un officier de police».

«Le règlement vous autorise à faire appel à la

Commission de Révision dans les deux jours», dit Lutz d'une voix acide.

Puis il se tourna vers Rosewood et Taggart. Il allait leur rabattre le caquet, à ces deux-là, avant de s'en débarrasser définitivement.

«Vous deux, vous êtes mutés à la circulation. Vous vous occuperez des chauffards et laisserez les enquêtes criminelles à ceux qui sont qualifiés pour ça.»

Rosewood allait protester, mais Taggart l'en dissuada d'un coup de coude dans les côtes.

«Biddle!» grogna Lutz.

Biddle se redressa dans son fauteuil.

«Oui, monsieur?

— Vous êtes chargé de l'enquête à partir de maintenant.»

Biddle ne put s'empêcher de jeter un regard triomphant à ses collègues.

«Oui, monsieur. Merci, monsieur.

— Je veux que cette affaire soit résolue dans les meilleurs délais, reprit Lutz. Les médias vont crier à la vague de crimes, et je ne veux pas leur donner ce plaisir...» Il frappa de nouveau du poing sur son bureau... Allez tout de suite m'analyser l'encre de cette lettre.

— Oui, chef Lutz.»

Lutz couvrit les trois autres officiers d'un regard courroucé.

«Vous autres, débarrassez le plancher!»

Dès qu'il fut sorti du bureau, Bogomil s'éloigna, laissant Taggart et Billy s'attarder dans le couloir. Taggart regarda Billy et secoua la tête.

«Tout finit par s'arranger, hein, Billy?» fit-il, sarcastique.

Bogomil n'avait rien d'autre à faire que de rentrer chez lui. Il se glissa au volant de sa vieille Cutlass verte et démarra. Il pensait déjà à ce qu'il allait dire à la Commission de Révision. Depuis vingt ans qu'il travaillait à la Criminelle, il n'avait jamais commis une seule faute. Il aurait pu décorer tous les murs de son bureau avec les citations qu'il avait reçues. Les affaires criminelles qu'il avait résolues se comptaient par douzaines. Mais Andrew Bogomil n'était pas un idiot; il savait que Lutz voulait se débarrasser de lui et qu'il utiliserait tous les moyens pour y parvenir. La Commission voterait ce que Lutz lui dirait de voter.

Bogomil engagea sa voiture dans El Camino. Il hocha la tête avec dépit; dans deux jours il serait au chômage.

Plongé dans ses pensées, il conduisait mécaniquement, remarquant à peine les voitures qui le croisaient ou le doublaient. Il suivait la route menant à son domicile, un trajet qu'il avait fait pendant des années. Il ne pouvait se défaire de la curieuse impression qu'il existait une relation entre ses récentes découvertes dans les collines et le braquage de chez Adriano. Le rapprochement ne reposait sur aucune donnée rationnelle; c'était seulement une intuition de vieux routier du crime. Il ne vit pas la Mustang noire qui le doublait lentement et la belle brune au volant qui le regardait avec un intérêt manifeste.

Elle accéléra, le distança d'un kilomètre et s'arrêta sur le bas-côté. Elle descendit rapidement de la voiture, souleva le capot et fit signe à la première voiture qui passait... Coïncidence, ce fut Andrew Bogomil dans sa Cutlass verte. Le capitaine était un gentleman de la vieille école. Pour rien au monde, il n'aurait manqué de porter secours à une demoiselle en détresse. Il ralentit et vint se ranger devant la Mustang.

La fille était belle à couper le souffle.

«Des ennuis? demanda-t-il en descendant de voiture.

— Elle s'est arrêtée d'un seul coup, dit-elle, et je ne connais rien à la mécanique.»

Bogomil se pencha sur le moteur, mais ne constata aucune anomalie apparente. Il haussa les épaules.

«Je ne vois rien», dit-il en se redressant.

Mais Karla ne l'écoutait pas. Elle s'assurait que la Trans-Am noire arrêtée à leur hauteur de l'autre côté de la route à quatre voies était bien en position. La vitre de la grosse limousine s'abaissa.

Karla tendit une enveloppe à Bogomil.

«Et ça, tu le vois, mon lapin?»

Bogomil sursauta. Il jeta un coup d'œil à l'enveloppe. Elle était marquée d'un grand B majuscule. Il releva les yeux vers la femme qui le regardait en souriant. Bon Dieu, le B était la deuxième lettre de l'alphabet, et la brune collait au signalement de la mystérieuse femme en noir que douze témoins avaient vue diriger le hold-up de chez Adriano! Mais le capitaine n'eut pas le temps de réagir. Le canon d'un 357 magnum passa sa gueule bleutée par la portière de la Trans-Am.

«Adieu, Andrew», dit Karla.

La détonation fit vibrer les fenêtres des immeubles environnants. Andrew Bogomil sentit l'impact brûlant de la balle lui traverser l'épaule. Le choc fut tel qu'il se retrouva projeté contre le capot de la Mustang. Il glissa sur les genoux, luttant contre la douleur, tandis qu'il s'efforçait de dégainer son arme.

Une deuxième balle fit voler en éclats la vitre de la Mustang. Andrew bondit, saisissant Karla par les cheveux. Ceux-ci lui restèrent dans la main, et il trébucha en arrière. Il regarda avec stupeur la perruque qu'il tenait dans ses doigts puis leva les yeux vers la femme. Ses cheveux étaient blonds et longs. Elle avait perdu ses lunettes de soleil, et ses yeux étaient bleus comme la mer Caraïbe. La troisième balle frappa le capitaine en pleine poitrine. Il s'écroula sur l'asphalte de la bande d'arrêt et ne bougea plus.

Karla ramassa sa perruque et ses lunettes, rabattit le capot de la Mustang et s'engouffra dans la voiture. Joli tir, pensa-t-elle. Une Mustang avec une vitre éclatée n'attirerait pas trop l'attention. Pas dans Beverly Hills.

Elle démarra sur les chapeaux de roues, laissant derrière elle le corps immobile et une traînée de gomme sur le macadam.

4

Axel Foley avait rendez-vous avec les faussaires en cartes de crédit à son «bureau d'affaires», situé de l'autre côté de la ville, dans un entrepôt d'aliments pour chiens.

Comme il traversait la salle enfumée de la brigade, Axel tomba sur son collègue Jeffrey Friedman. Le bonhomme avait plus de mal à se dégotter une fille qu'à coincer les truands. Axel, bon prince, avait commis l'erreur de lui présenter une copine à lui, Beverly, et la pauvre fille avait passé en compagnie de ce lourdaud de Jeffrey la plus mauvaise soirée de sa vie.

«Écoute, Jeffrey, commença Axel, je te l'ai déjà dit, Beverly ne veut pas que tu la rappelles, elle ne veut pas que tu la revoies, elle ne veut même pas que tu essaies. Compris?

« — Oublions ça, Axel, dit Jeffrey. Je voulais seulement t'avertir que l'inspecteur Todd te cherche partout... Comment ça, elle ne veut plus me voir ?»

Axel considéra Jeffrey avec commisération.

« Tu sais, Jeffrey, quand je vais mal, vraiment mal, je pense à ce qui te tient lieu de cervelle, et ça va tout de suite mieux.»

Jeffrey ne parut pas avoir entendu.

« Quand Todd m'interroge à ton sujet, reprit-il, je lui dis toujours que tu bosses vingt-quatre heures sur vingt-quatre... Écoute, si je peux t'aider en quoi que ce soit dans ton boulot...

— Oui, Jeffrey, tu peux faire quelque chose pour moi, dit Axel. Fous-moi la paix !»

Cette fois encore, Jeffrey ne réagit pas. Il changea de nouveau de sujet.

« Écoute, si je ne peux plus appeler Beverly, tu pourrais peut-être lui filer mon numéro de téléphone au cas où elle voudrait, tu sais, sortir une autre fois avec moi... T'es sûr qu'il n'y a rien que je puisse faire pour toi ? Je t'assure, Axel, je pourrais me rendre vachement utile.

— Non, Jeffrey, je ne crois pas.

— Si Beverly ne veut pas de moi, peut-être que sa mère... Tu sais, je l'ai vue, sa mère. Elle est pas mal du tout et j'ai pensé que...»

Axel fila vers la porte, Jeffrey sur ses talons.

« Dis à Todd que je suis sorti épingler mes faussaires, dit Axel. Tu peux faire ça pour moi, Jeffrey ?

— Bien sûr... si tu m'arranges le coup avec Beverly.»

Axel se retourna.

« Jeffrey, dit-il d'une voix douce, je crois que je vais te tirer une balle dans la jambe. Tu es prêt ?»

Des applaudissements éclatèrent dans la salle. «Bonne idée, Axel!» cria Orvis.

«Axel...» supplia de nouveau Jeffrey, mais Foley avait déjà franchi la porte.

*
* *

La Ferrari l'emmena de l'autre côté de la ville en quinze minutes de pur plaisir. Axel gara la voiture devant la porte coulissante de l'entrepôt. Dans son petit bureau situé à l'étage, il y avait, outre une table et une chaise, un téléphone et un téléviseur. Axel posa son séant sur la chaise, ses pieds sur le bureau, et jeta un coup d'œil à sa montre. Merde, pensa-t-il, le rendez-vous avait été fixé à quatre heures, et il était déjà quatre heures et demie.

Il se pencha pour tourner le bouton du téléviseur. «Je déteste l'inexactitude, surtout chez les voyous», dit-il aux murs nus.

L'image en noir et blanc d'un homme-tronc ânonnant les informations apparut sur l'écran. Axel ne prêta aucune attention à ce qu'il racontait jusqu'à ce qu'un nom familier le fasse tressaillir.

«... Bogomil a été agressé en plein jour.»

Axel se redressa sur sa chaise. Combien pouvait-il y avoir de Bogomil dans le monde?

«Le policier, un capitaine de la police de Beverly Hills, a essuyé des coups de feu alors qu'il regagnait son domicile. Grièvement blessé, il est dans un état critique. Le capitaine Bogomil était chargé de l'enquête sur l'incroyable hold-up perpétré chez Adriano, la boutique la plus chic de Beverly Hills, dont les auteurs ont été surnommés le gang de l'Alphabet en raison de...» Mais Axel n'écoutait plus.

Il avait décroché le téléphone et composé un numéro. Son correspondant décrocha à la première sonnerie.

«Police de Beverly Hills.»

Axel baissa la voix. Son faussaire risquait de débarquer d'un moment à l'autre, et il ne tenait pas à se faire surprendre en pleine conversation avec un service de police, même si celui-ci était situé à des milliers de kilomètres de là.

«Salut, Sheila, dit-il. C'est Axel Foley. Tu te rappelles, le flic de... Detroit, c'est ça. Écoute, je viens juste d'apprendre la nouvelle à propos d'Andrew, et je me suis dit que tu pourrais peut-être me passer sa chambre à l'hôpital... Merci.»

Il attendit en consultant nerveusement sa montre et en jetant des coups d'œil inquiets à la petite fenêtre qui donnait dans le couloir. Aucun signe de D'Allessio, le truand qui avait des cartes de crédit à vendre.

La voix de Jan se fit entendre à l'autre bout de la ligne.

«Axel? demanda-t-elle d'une voix vibrante de chagrin.

— Jan? Que s'est-il passé? Comment est-il?

— Ils sont toujours en train de l'opérer, Axel...» Il y eut un long silence, entrecoupé de sanglots. «Pardonne-moi, Axel, mais je ne peux pas...» Il la sentait à bout, trop bouleversée pour parler. «Je te passe Billy, d'accord?»

La voix de Rosewood était triste, découragée.

«Axel?

— Billy, qu'est-ce qui s'est passé?

— Ces types l'attendaient, et ils l'ont descendu. Froidement.

— Comment ça? Quels types?

— Le gang de l'Alphabet.

— Billy, t'es sur le coup?»

L'écœurement de Billy éclata à l'autre bout du fil.

«Non, Taggart et moi, on a été mis hors circuit. Les choses ont changé ici, Axel. C'est pourri.»

Axel leva la tête. Il y avait deux types dans l'entrée. Un de plus que ce qu'attendait Axel. A côté de D'Allessio, se tenait un homme dont la tronche parut vaguement familière à Axel. Il le regarda avec attention. Mais oui, c'était bien le voyou qu'il avait essayé de coincer dans un camion rempli de cigarettes volées!

D'Allessio sourit à Axel d'un air canaille.

«Putain, excuse le retard, mais j'suis tombé sur cette petite et...»

L'attitude d'Axel changea radicalement. Ce n'était plus le flic inquiet pour un ami, mais le jeune escroc au lourd accent black qui cria à D'Allessio :

«J'suis à vous dans une minute, les mecs!» Puis il reprit sa conversation avec Rosewood. Billy pensa qu'il avait quelqu'un d'autre en ligne.

«C'est intéressant, ta propose, mec, dit Axel, mais j'préfère m'en occuper seul, si tu vois c'que j'veux dire.

— Axel, c'est toi? demanda Rosewood, décontenancé.

— Hé, prends soin de la p'tite Jan, O.K. mec?» dit Axel en souhaitant que Rosewood saisisse la coupure. Ce type pouvait être d'une lenteur, parfois! «J'arrive avec le premier avion.

— Ici, Axel? Tu vas venir ici?»

Mais Axel avait déjà raccroché. Il fit pivoter sa chaise et considéra les deux malfrats devant lui.

Mirsky, le compagnon de D'Allessio, fixait Axel d'un air méfiant.

«J'connais ce type, dit-il d'une voix rauque.

— Ah! ouais? demanda D'Allessio. D'où ça?»

Mirsky n'avait pas un gros effort de mémoire à faire. Difficile d'oublier ce rodéo dans le camion de cigarettes.

«C'est le type des sèches. Celui qui a failli me coincer. Tu disais qu'il était de Buffalo?

— Moi, j'me suis fait coincer! intervint Axel, l'air offensé. Et j'ai aussi perdu toute ma mise — à cause de lui, dit-il à D'Allessio en pointant un index accusateur sur Mirsky. Tu peux me dire ce qu'y s'passe ici, mec? J'suis un homme d'affaires, moi, tu comprends?

— Ouais, ça, je le comprends, acquiesça D'Allessio.

— J'ai un emploi du temps superchargé», poursuivit Axel. Maintenant qu'il savait ce qui était arrivé à Andrew, coincer un faussaire minable ne l'amusait plus. Ce qu'il voulait, c'était retrouver ceux qui avaient descendu son ami. Mais pour cela, il lui fallait d'abord se débarrasser de ces deux-là. Et vite.

«Ouais, mais comme je t'ai dit, j'suis tombé sur cette petite...

— J'suis déjà en retard pour mon prochain rendez-vous. J'travaille, moi. J'peux pas me permettre de glander.

— Ouais, mais...

— Et puis, tu débarques avec un flic, dit Axel, et moi, je retire mes billes, mec.»

D'Allessio grimaça comme s'il venait de recevoir un coup de démonte-pneu.

«Un flic? Qu'est-ce que tu racontes?

— J'parle de ton copain, Harry les mains sales, ici présent, dit Axel en désignant Mirsky.

— J'suis un flic, moi? s'exclama le gars Mirsky, plus offensé que si on venait d'insulter sa mère.

— Exact, affirma Axel.

38

— Non, mais ça va pas, mec? beugla D'Allessio. C'est mon putain de neveu!»

Axel le regarda sans ciller et dit d'un ton pénétré : «On choisit ses amis, mais pas sa famille.

— Raconte pas de conneries! se récria D'Allessio. Mon neveu, c'est pas un flic. Il est cent pour cent réglo, fais-moi confiance.»

Axel gratifia Mirsky d'une claque dans le dos. «C'est peut-être pas un flic, mais il porte la poisse.»

Mirsky parut vexé. Il se figea raide comme un passe-lacet, et Axel en profita pour lui palper les côtes, histoire de vérifier si le gus était armé. Le gus n'apprécia pas la familiarité et il écarta sans douceur la main de Foley.

«Hé, qu'est-ce que tu branles, mec? gronda-t-il, furieux.

— D'accord, il trimbale pas sa quincaillerie avec lui. C'est déjà quelque chose.

— Ça va, ça va, intervint D'Allessio. Arrêtons les conneries. J'ai deux mille cartes de l'American Express. Aussi vierges que des premières communiantes. Plus, même, rectifia-t-il en étouffant un rire gras. T'as le fric?»

Axel avait prévu d'épingler D'Allessio quand on en viendrait aux choses concrètes. Mais l'agression dont avait été victime Bogomil avait tout changé. S'il embarquait D'Allessio et son compère Mirsky maintenant, il devrait passer les dix prochains jours à se taper de longs rapports et d'interminables longs entretiens avec le juge d'instruction, bref, perdre un temps fou. Et pendant ce temps les salopards qui avaient descendu son ami en profiteraient pour se faire la belle. Non, les cartes de crédit pouvaient attendre. Il fit marche arrière toute.

«J'fais pas d'affaires devant ce mec. C'est peut-être

ton neveu mais...» Axel fit le tour de Mirsky en reniflant comme un chien de chasse. «Ça sent le cochon, tu trouves pas? Et c'est le musulman qui te parle. Le cochon, mec! Je les renifle à cent pas, ces bêtes-là...» Il pointa derechef un index accusateur sur Mirsky. «Ce type est un flic.» Il se tourna vers D'Allessio qui roulait des yeux ronds comme des balles de golf. «Si tu veux traiter avec moi, reviens seul. Tu sais où me trouver.»

Axel sortit prestement de la pièce parce qu'on ne pouvait se tromper sur la lueur qui brillait dans les yeux de Mirsky : le type était prêt à tuer. D'Allessio, qui pesait cent kilos de plus que son neveu, le retint par le bras alors qu'il allait s'élancer derrière Foley. Axel qui était déjà au bout du couloir l'entendit qui demandait à Mirsky :

«Dis-moi, Paulo, c'est pas vrai ce qu'il raconte? T'es pas un flic, hein?»

*
* *

Axel regagna la brigade à fond la caisse, les méninges en feu. Il lui restait un peu de congé à prendre, mais Todd ne lui en laisserait pas le loisir, pas maintenant, au beau milieu d'une affaire. Il lui fallait trouver quelque chose pour disparaître pendant quelques jours, le temps de filer sur la côte ouest... sans que personne se doute qu'il avait quitté Detroit.

C'était moins difficile qu'il n'y paraissait. Tout ce que les gens avaient vu d'Axel, ces derniers temps, c'était la Ferrari. Si on continuait à la voir dans les rues, on penserait qu'il était toujours à Detroit. Maintenant, se demanda-t-il, qui était assez crétin pour...

Jeffrey donnait l'impression de ne pas avoir bougé

depuis le départ d'Axel, une heure plus tôt. Il attendait à la porte et il redémarra aussi sec dès que Foley entra.

«Bon Dieu, Axel, où étais-tu? Todd est en train de devenir cinglé à force de te chercher. Tu les as coincés, tes types?»

Jeffrey! pensa Axel, Jeffrey était assez crétin pour se charger de la Ferrari pendant quelques jours. Il le prit par la main et le força à s'asseoir à un bureau inoccupé.

«Axel, je t'ai demandé si tu avais coincé ces types? Tu ne l'as pas fait, hein? Todd va encore piquer une de ces crises, aussi sûr que deux et deux font quatre.

— Je te savais pas si fort en calcul, Jeffrey», dit Axel. Puis, prenant un air grave : «J'ai besoin de toi, Jeffrey, et j'aimerais savoir si je peux compter sur toi.»

Le sérieux d'Axel fit impression sur Jeffrey, au point qu'il observa un court silence avant de répondre lentement :

«Bien sûr... c'est pour faire quoi?»

Axel le prit par les épaules et le regarda droit dans les yeux.

«Écoute, gars, je vais être absent pendant quelques jours, et j'aimerais que tu t'occupes de la Ferrari. Que tu t'en serves. Exactement comme je le ferais moi-même.

— Que je conduise la Fe...rrari? demanda Jeffrey, incrédule.

— C'est pas ça le plus important, Jeffrey, dit Axel, sachant quelle corde il fallait pincer. Que tu puisses lever avec cette bagnole toutes les filles que tu voudras, y compris peut-être Beverly, c'est pas ça non plus l'important.

— Ah! bon?

— Non, l'important, c'est la fraternité qui doit exister entre deux flics, la confiance qui doit lier deux amis.

— Pour ça, on peut dire qu'on s'est toujours fait confiance, Axel», dit Jeffrey. Il se voyait déjà au volant de ce rêve automobile. Le tiercé gagnant du bonheur : lui, la Ferrari, Beverly... ou une autre, parce qu'avec une tire pareille... Hum ! il devait y avoir une foutue condition pour accéder à ce paradis-là. Axel était un pote, mais tout de même.

«Juste conduire la Ferrari ? demanda-t-il, méfiant. C'est tout ?

— Oui. En prendre soin, te balader partout avec. Les vitres remontées.

— Les vitres remontées ? Pourquoi ?

— Parce que personne ne doit savoir que c'est toi qui es au volant. Pas même Todd.»

Jeffrey déglutit le goût amer de la frustration.

«Et Beverly ?

— Beverly sera dans la bagnole avec toi, expliqua Axel, patient comme un bœuf. Je parle des autres, de ceux qui verront passer la voiture. Ceux-là, il ne faut pas qu'ils te voient. Pas question de baisser ta vitre pour leur faire des petits saluts. Tu as compris ?

— Non.

— Parfait. J'ai confiance en toi, et je suis sûr que tu finiras par comprendre. Ce que je te demande est très important, Jeffrey. Tu pourras le faire ?»

Axel avait l'impression d'entendre Jeffrey penser : je conduis la Ferrari avec les vitres remontées, et je ne salue personne de ma connaissance quand je conduis. C'est simple. Comment pourrais-je me tromper ?

«Tu peux compter sur moi, Axel.

— Si tout marche comme prévu, on va me supplier pour que je dirige cette brigade, Jeffrey, et je ne t'oublierai pas. Qu'est-ce que tu en penses?»

Pour le moment, Jeffrey se foutait pas mal de sa carrière.

«Juste conduire la Ferrari?

— Sans rien dire à personne, pas même à Todd, répéta Axel, au bord de l'overdose de patience. Et qu'il n'arrive rien à la bagnole.»

Jeffrey porta la main à sa poitrine.

«Je la défendrai au péril de ma vie.

— Ta vie ne rembourserait pas le prix d'une éraflure sur le pare-chocs.» Axel fit cliqueter les clés sous le nez de Jeffrey. «Donc, je peux te faire confiance?

— Totalement», assura Jeffrey avec un ton de conviction émouvant.

Axel posa les clés sur le bureau.

«Elle est garée en bas.»

Jeffrey rafla les clés et les regarda comme si c'étaient celles du paradis.

*
* *

Le bureau du capitaine Todd était grand comme deux cabines téléphoniques et encombré de deux armoires à classeurs et d'un bureau qui avait l'air d'avoir descendu les chutes du Niagara. Todd ne sauta pas de joie à la vue d'Axel. Ça faisait des heures qu'il le cherchait, et maintenant qu'il était là, il n'était pas du tout content de le voir, surtout avec la feuille de papier bleu que l'oiseau rare tenait à la main.

«Où diable étiez-vous passé, Foley? Et qu'est-ce que c'est encore que cette demande de réquisition?»

Il arracha le bulletin bleu de la main d'Axel et l'examina avec le même entrain qu'un contribuable sa feuille d'impôts. «Pourquoi avez-vous besoin de mille dollars?

— Argent de poche, répondit calmement Axel. C'est marqué dessus.»

Todd ouvrit en grognant le tiroir du haut de l'une des armoires. Il y mit une telle brusquerie que la photographie encadrée de sa femme et de ses gosses faillit valser par terre. Il sortit une pleine poignée d'ordres de réquisition.

Il les lut les uns après les autres, les étalant sur le bureau devant Axel, comme s'il lui tirait les cartes.

«Deux mille dollars pour un costume, trois cents pour une putain de cravate. Sans compter la Ferrari. J'en ai plein le cul de vos billets! Quand est-ce que je vais voir des mandats d'arrêt à la place? Je suis fatigué de vos conneries, Foley. Je vous donne trois jours pour me présenter quelques truands de votre connaissance. Trois jours. Si d'ici là, vous n'avez opéré aucune arrestation, je... je vous saque! C'est compris?

— Compris, chef. Maintenant, si vous voulez bien me signer mon petit papier...»

Todd écrabouilla sa signature au bas de l'ordre de réquisition. «De l'argent de poche... Et Dieu vous vienne en aide si jamais il arrivait quelque chose à la Ferrari! Elle vaut cinquante mille dollars.

— Soixante-sept mille cinq cents, en vérité, chef.

— Ouais, eh bien, qu'il lui arrive rien, surtout.

— Je ne la quitte pas des yeux. Je la range sous mon oreiller la nuit. Je dors dedans, je mange dedans, et... je suis le seul à la conduire.

— C'est bien ça qui m'inquiète le plus, grogna Todd en tendant son papier à Axel. Et n'oubliez pas les justificatifs de chaque cent dépensé! Sinon, c'est sur votre salaire que ça sera débité. Et maintenant fichez-moi le camp!»

Axel fit comme on lui disait, en se demandant combien d'argent de poche allait lui coûter son petit voyage en Californie.

5

Axel prit l'avion à Detroit à dix-huit heures et, avec le décalage horaire, il arriva à Los Angeles à peu près à la même heure. Ça lui en boucha un coin.

La première chose dont il avait besoin, c'était une voiture. A L.A., vous n'étiez rien sans voiture. Il regretta un instant de n'avoir pu venir avec la Ferrari, se racontant qu'il aurait peut-être mis moins de temps, puis chassa cette idée absurde.

Il trouva une bonne occase à l'agence de location *Épaves à Louer*. Une longue et élégante Cadillac El Dorado, dont la carrosserie n'était pas plus abîmée que la gueule d'un boxeur après un combat en douze rounds, et dont le pot d'échappement cessait de jouer les fumigènes dès qu'on dépassait les cinquante kilomètres à l'heure.

Il navigua dans les rues larges et propres de Beverly

Hills, se familiarisant de nouveau avec la ville. Il passa devant le Beverly Palm Hotel où il avait séjourné à son dernier passage. Il n'était pas certain que la police de Beverly paierait une nouvelle fois la note, aussi poursuivit-il son chemin. Et puis, il leur avait déjà fauché trois sorties de bain.

Il stoppa à un feu rouge dans Wilshire et une Ferrari Testa Rossa s'arrêta à sa hauteur. Axel baissa sa vitre et coula un regard confraternel vers le quinquagénaire assis au volant.

«Hé! s'écria Axel, enthousiaste. J'ai la même chez moi, à Detroit!»

L'homme lui jeta un coup d'œil dédaigneux.

Quand le feu passa au vert, Axel démarra pied au plancher, dans un nuage de fumée nauséabonde laissant la Ferrari sur place. Il hocha la tête. A quoi bon s'acheter une Ferrari quand on ne sait pas la conduire?

Axel tourna à gauche, puis à droite, zieutant tous ces nantis de fric et de soleil dans leurs luxueuses automobiles.

«Je prendrai peut-être ma retraite dans ce bled», dit-il tout haut.

L'hôpital n'était pas loin du Q.G. de la police. Axel se rangea sur le parking réservé aux visiteurs. Quelques minutes plus tard, la porte de l'ascenseur coulissa, et Axel se retrouva dans le couloir des urgences. La première personne qu'il aperçut fut Rosewood.

«Billy!»

Quand Axel lui avait dit au téléphone qu'il arrivait, Rosewood n'avait pas réussi à y croire. Et voilà qu'il était ici!

«Axel! Mais qu'est-ce que tu fous ici?» Rosewood avait une tête d'imbécile heureux, bien qu'il ne fût ni l'un ni l'autre. Enfin, pas vraiment.

Les deux policiers en uniforme qui gardaient la chambre de Bogomil levèrent le nez de leurs magazines. Rosewood leur jeta un regard furtif, et son sourire s'effaça. Il entraîna Axel avec lui, loin des oreilles des deux cognes.

«Qu'est-ce que je fous ici? répéta Axel. Mais je suis venu régler vos problèmes, cette question! Maintenant dis-moi comment il va?»

Rosewood secoua la tête.

«Il est sur le fil du rasoir. Ils lui ont opéré l'artère à l'épaule. Il a une chance. Il est fort comme un taureau.»

Axel hocha gravement la tête. Fini de rire. Son ami était là, dans une chambre d'hôpital, luttant contre la mort, et lui, Axel, n'allait pas rester les bras croisés.

Taggart arriva et serra la main d'Axel. Les deux hommes se sourirent.

«Est-ce qu'il peut parler? demanda Axel à voix basse.

— Non, dit Taggart. Les toubibs disent qu'il ne sortira pas du coaltar avant trois, quatre jours.

— Je veux le voir. Faites-moi entrer.»

Taggart et Rosewood hésitèrent, mais Axel s'avançait déjà vers les gardes, prêt à discuter ou à se battre pour entrer. Rosewood le rattrapa juste à temps. Il désigna Axel du pouce.

«C'est un parent, les gars.»

Les gardes regardèrent Axel.

«Mais... Rosewood... il est noir.

— C'est vrai, ça, dit Axel.

— Et le capitaine est blanc, fit finement remarquer l'autre flic. Comment peuvent-ils être parents?

— Je suis un parent lointain, très lointain. Du côté de son parrain, expliqua Axel, sérieux comme trente-six pasteurs.

— Oh! dans ce cas», dit le premier policier. Il échangea un regard avec son collègue, et haussant les épaules à l'unisson, ils laissèrent entrer le parent de couleur.

Dans le petit hall qui séparait le couloir de la salle des soins intensifs, Axel se retourna vers Taggart et Rosewood.

«Est-ce que je pourrais *voir* le message que ce fameux gang a laissé?»

Rosewood et Taggart se rapprochèrent de lui avec des mines de conspirateurs.

«Il est à la brigade, chuchota Billy.

— Et on ne peut pas t'y conduire, s'empressa d'ajouter Taggart. Nous ne sommes plus censés travailler sur l'affaire du gang de l'Alphabet. Les cartes sont redistribuées, et on n'est pas invités à jouer.

— Moi non plus, dit Axel, mais je vais jouer quand même.

— Remarque, murmura Rosewood, ça ne nuira à personne si on le laisse juste voir le message.»

Taggart poussa un soupir. «D'accord», concéda-t-il. Il savait que c'était une erreur. Il savait également qu'Axel trouverait le moyen de consulter le message avec ou sans leur aide et qu'il valait mieux l'aider plutôt que de le laisser agir à sa guise.

«Écoute, Axel, dit-il quand même, tu n'as aucun mandat ici, et Lutz ne ratera pas cette occasion de nous saquer.

— Lutz? demanda Axel. C'est quoi, ça, un Lutz?

— C'est qui, tu veux dire, chuchota Rosewood. Lutz est notre nouveau patron.

— J'ai hâte de le rencontrer.

— A ta place, je me presserais pas trop», grogna Taggart.

Axel opina du chef.

«On se retrouve à la brigade dans une heure.»

Il régnait, dans la salle de réanimation, une lumière diffuse et on n'entendait que les bips de l'électro-cardiogramme et le léger bruit de soufflerie de l'appareil respiratoire. Andrew Bogomil gisait sur son lit, derrière une vitre de séparation. Il était pâle, exsangue. Un tuyau pénétrait dans une narine, un autre disparaissait sous l'épais bandage de son épaule. Un troisième était relié à son bras, où une aiguille hypodermique infusait lentement le sérum contenu dans une poche de plastique suspendue au-dessus de lui. Sa vie dépendait de ces machines, de ces tuyaux.

Les traits tirés, les yeux gonflés d'avoir trop pleuré, Jan regardait son père. Axel lui toucha doucement l'épaule. «B'jour, ma belle», murmura-t-il.

Elle tourna la tête vers lui. «Oh! Axel», chuchota-t-elle, comme si elle craignait de réveiller son père.

Axel regarda Andrew avec un pincement de cœur. Bogomil était salement touché. Axel lui souhaita d'être fort, aussi fort que le prétendait Rosewood, pour pouvoir s'en tirer. Mais il dissimula son inquiétude.

«Tu sais, Jan, je me fais tirer dessus au moins une fois par jour, à Detroit, dit-il. Il s'en sortira.»

Jan esquissa un fantôme de sourire. Puis elle se tourna de nouveau vers son père, comme si sa veille avait le pouvoir de le garder en vie.

Axel, lui, savait que la vie de Bogomil dépendait uniquement des médecins et de la résistance du corps humain. Personnellement, il ne pouvait rien pour Andrew, mais il entendait bien rendre la vie impossible à ceux qui lui avaient fait ça.

«Sur quoi travaillait-il, Jan? Tu as une idée?»

Elle secoua la tête.

«Pas plus tard qu'hier, il parlait de la partie de pêche que vous aviez projetée. Et puis...

— Et puis quoi?»

Jan haussa les épaules.

«Je ne sais pas, c'est difficile à expliquer. Tout à coup il m'a paru... préoccupé. Tu le connais, quand il tient une idée...»

Axel s'humecta les lèvres.

«Ouais, mais laquelle?»

De nouveau, Jan secoua la tête.

«Je suis désolée, Axel, mais vraiment je ne sais pas...» Elle regarda son père. «Je me sens tellement impuissante...» Sa voix débordait de chagrin et d'angoisse.

Axel passa son bras autour de ses épaules. «Écoute, Jan, murmura-t-il, il va s'en tirer. Je te le promets.»

Elle acquiesça d'un signe de tête sans conviction.

«Je sais.

— Bien. Écoute, je passerai chez vous dès que je serai installé. Je voudrais jeter un coup d'œil sur son bureau. Tu seras là?

— Oui, je rentrerai tôt à la maison.

— Alors, à tout à l'heure.» Il se dirigea vers la porte mais elle le retint doucement par le bras. «Axel... merci», dit-elle tendrement.

Axel haussa les épaules.

«A quoi servent donc les amis? dit-il.

— Ça lui ferait un bien fou s'il savait que tu es ici.»

Axel sourit.

«Peut-être qu'il le sait. Et de toute façon, il le saura à la minute où il se réveillera.»

Parce que, se jura Axel, il mettrait cette foutue ville à feu et à sang s'il le fallait...

51

* *

Axel descendait l'une des artères larges et tranquilles de Beverly, contemplant les demeures somptueuses qui s'alignaient de chaque côté, véritable exposition de mégalomanie architecturale. Chacune de ces baraques de milliardaires comptait tant de pièces qu'il pourrait probablement en occuper une pendant une semaine avant que quiconque s'en aperçût.

Une armée d'ouvriers achevait la restauration de l'une d'elles. La maison était gigantesque, toute blanche, de dimensions impressionnantes, même pour Beverly Hills. En passant, Axel vit le bout d'un canapé encore enveloppé de sa housse plastique franchir la double porte massive de ce palais. S'ils en étaient à l'installation des meubles, pensa-t-il, c'est qu'on n'allait pas tarder à pendre la crémaillère.

Il exécuta un brusque demi-tour et s'engagea dans l'allée. Les deux livreurs de meubles redescendaient les marches du perron après avoir déposé le canapé dans la première pièce venue, laissant au décorateur le soin de le placer où il le jugerait bon.

Axel s'approcha d'eux.

«Excusez-moi, fit-il, je cherche les propriétaires.

— Sont pas ici, sont à Malibu pour une semaine encore, jusqu'à ce que les travaux soient finis, quoi, répondit le plus grand des types.

— Formidable. Où est le contremaître?

— Qu'est-ce que j'en sais, moi? Je livre seulement les meubles.

— Excusez-moi, dit Axel. Excusez-moi.»

Il se dirigea vers le groupe d'hommes qui travaillaient à l'un des angles de la maison. Les bras croisés sur la poitrine, il surveilla la scène comme un général

52

la manœuvre de ses troupes. L'œil critique, il se baissa pour mieux suivre l'alignement du cordeau que tendait l'un d'eux pour tracer une allée autour de la maison.

Axel se redressa. «Qu'est-ce que vous êtes en train de faire?» hurla-t-il soudain.

Tous les ouvriers présents relevèrent la tête, virent Axel et échangèrent des regards perplexes. «Qui c'est c'type?» se demanda tout haut l'un d'eux.

«Arrêtez! gueula Axel. Arrêtez le massacre!»

Tous s'arrêtèrent, et quelques-uns lâchèrent leurs outils, comme si Axel les avait menacés d'une arme. Le contremaître arriva en trottinant.

«Qu'est-ce que...?» Il n'eut pas le temps d'achever sa phrase.

«Axel Foley, du Service Municipal, Inspection du Bâtiment. Vous êtes le contremaître? Je parie que vous savez lire.

— Ça fait quelques années déjà.

— Parfait, dit Axel. Vous pouvez me montrer un plan pour qu'on voie si c'est vrai?

— Larry, va chercher les plans, demanda l'homme à l'un des ouvriers. Ils sont dans la caravane, sur la table du fond.»

Axel regarda autour de lui d'un air à la fois ahuri et furieux, comme s'il ne pouvait en croire ses yeux.

«C'est bien ma veine, ça, fit-il, on m'envoie en inspection de routine, et sur quoi je tombe?» Il se tourna vers le contremaître. «Vous étiez à la réunion? Oui, vous y étiez, il me semble vous avoir vu.»

Le contremaître fit de son mieux pour dissimuler sa gêne. Merde, il y avait eu une réunion, et il n'y était pas allé! Et maintenant il avait un inspecteur du bâtiment sur le dos...

«Une réunion?

— Ouais, une réunion, dit Axel. Et il y en a eu une deuxième. Vous y étiez à celle-là?»

Le contremaître pâlit. Une *deuxième* réunion. Il y avait eu deux réunions, et il n'avait assisté à aucune! Une tuile n'arrivait jamais seule.

«Euh... non, avoua-t-il, penaud.

— Mon chef de service l'a pourtant bien entendu, le commissaire du plan aussi, et moi je l'entends encore...

— Quoi? Qu'est-ce que vous entendez?

— Pas d'*angles droits*! Axel gagna en quelques enjambées rageuses l'angle de la maison et pointa un droit accusateur sur le cordeau tendu entre deux piquets. «Et ça, qu'est-ce que c'est?»

Le contremaître se mordilla la lèvre. C'était un angle, un putain d'angle droit. Et puis quoi? On ne pouvait tout de même pas construire une maison sans angles droits, non? Et on était bien forcé d'en tenir compte quand on traçait une allée autour. Ça allait de soi, non?

Axel répondit à sa place.

«C'est un angle droit, n'est-ce pas?

— Écoutez... on ne nous a pas dit...

— Répondez à ma question!» l'interrompit Axel, furieux.

Le contremaître se frotta un pied contre l'autre comme un gosse de sixième interrogé au tableau.

«Euh... oui, concéda-t-il enfin.

— Oui quoi? insista Axel, enfonçant le clou. Dites-le, je veux vous entendre le dire.

— C'est un angle droit.

— Exactement.» Axel croisa les bras sur sa poitrine et secoua la tête. «C'est moche, les gars. Vraiment moche», dit-il d'une voix forte. Les ouvriers jetèrent des regards soucieux en direction d'Axel et du contremaître. «Une connerie de ce genre risque de me coûter ma place... et la vôtre.»

Le contremaître parut soudain retrouver un semblant de facultés.

«Attendez une minute, dit-il. Ça aurait l'air de quoi, une allée en cerceau autour d'une maison carrée?»

Axel le fusilla du regard.

«Qu'est-ce que vous êtes? Conducteur de travaux ou critique d'art?

— Non, c'est seulement que...»

Axel s'adressait maintenant à tous les ouvriers.

«Vous toucherez votre salaire à la fin du mois, les gars, mais après ça, je peux pas vous faire de promesses. J'essaierai quand même de vous arranger le coup. J'*essaierai*.

— Attendez une minute... protesta le contremaître.

— Taisez-vous. Il faut que je parle à l'inspection du bâtiment. L'inspection du bâtiment parlera à ceux qui sont concernés, et ceux qui sont concernés vous diront ce qu'ils en pensent.

— Mais...

— Rien du tout. Et maintenant, rentrez chez vous... Emportez votre matériel... Passez le restant de la semaine à boire de la bière, sortir madame... ce que vous voudrez... J'essaierai d'arranger les choses, je vous ai dit...»

Les ouvriers regardèrent Axel et le contremaître. Lentement ils se mirent en devoir de ranger leurs outils avec des mines perplexes.

Le contremaître fourra les plans sous le nez d'Axel. Axel leur jeta un coup d'œil, lut le nom des propriétaires de la maison, étalé en gros caractères en haut du calque.

«Voyez vous-même, dit l'homme, toutes les allées sont à angles droits.»

Axel lui arracha les plans des mains. «Périmés! Ces plans sont périmés! cria-t-il. Où sont les nouveaux plans! Ah! les Rosenberg vont être contents. Qui vous a donné ces plans?»

Axel déchira les plans en petits morceaux et les rendit au contremaître.

«Je vous ai demandé qui vous avait donné ces plans?»

— Je... je ne me rappelle pas.»

Axel se détourna. Il souriait aux hommes qui s'éloignaient d'un pas incertain, comme des bagnards à qui leur surveillant aurait ordonné de vider les lieux et de rentrer chez eux.

«A part les angles droits, leur cria-t-il, vous avez fait un sacré beau travail. Non, non, c'est vrai, les gars.» Axel se mit à applaudir. Les ouvriers, médusés, se surprirent à le remercier timidement de la main. C'est tout juste s'ils ne saluèrent pas, telle une troupe de comédiens.

«Allez, vous avez bien mérité une semaine de congé!» leur lança Axel. Il se tourna vers le contremaître. «Vous aussi. Vous êtes un type sympa, et vous me plaisez bien. Y a-t-il autre chose que je devrais savoir?

— Euh... non. Le décorateur passera un peu plus tard.

— Je m'occuperai de lui, ne vous tracassez pas.

— D'accord, merci...» Le contremaître regarda ses ouvriers qui s'en allaient. «Eh bien, il n'y a pas de raison que je...

— Mais oui, allez-y, dit Axel. Je me charge du reste. Après tout, c'est mon boulot.»

Axel attendit que l'homme eût disparu. Puis il sortit sa valise de la voiture et gravit les marches du perron.

Le hall d'entrée était plus grand que tout son appartement à Detroit. Il pénétra dans l'immense salon. A l'autre bout, à travers les portes-fenêtres à la française, il vit l'eau bleue d'une piscine olympique miroiter sous le soleil de la Californie.

Axel déposa sa valise.

«Enfin chez soi!» s'écria-t-il.

6

Il n'y avait presque plus personne dans les locaux luxueux occupés par la Criminelle de Beverly Hills quand Axel arriva. Lutz avait dépêché la moitié de ses hommes à travers le grand Los Angeles pour essayer de retrouver l'origine du papier et de l'encre utilisés pour les messages laissés par le gang de l'Alphabet. Il avait également placé une équipe d'informaticiens sur les cryptogrammes, dans l'espoir qu'ils les déchiffreraient. Ceux-ci n'avaient pas eu jusqu'ici plus de chance qu'Axel qui, installé à la table de travail de Taggart, s'y essayait de son côté sans en attendre grand-chose, à vrai dire.

«Lutz prétend que le gang vole pour le plaisir de voler, dit Taggart. Bref, qu'ils sont timbrés.»

Rosewood renifla avec mépris.

«C'est évident, ça, qu'ils sont timbrés.

— Eh bien, moi, c'est pas mon avis», dit Axel en posant ses pieds sur le bureau. Il portait son vieil uniforme : blue-jean, sweat-shirt et tennis.

«Axel, tu veux bien ôter tes pinceaux de mon bureau? le pria Taggart, mal à l'aise. Si Lutz...»

Axel rangea ses longues cannes sous le bureau.

«Mon vieux, il me tarde de rencontrer ce Lutz. Il vous terrorise, ma parole!

— Exact, fit Taggart.

— Tiens, jette un œil là-dessus, Axel, dit Rosewood en lui tendant un sac en plastique, modèle réglementaire pour pièces à conviction. Ce sont les douilles abandonnées par le gang chez Adriano.»

Axel se redressa sur son siège. «Waouh! Automatique 44 magnum! On n'en fait plus, du 44 magnum. Trop cher.»

Il fit glisser l'une des douilles dans sa paume et l'examina attentivement.

«Vous avez vu, c'est une douille de carabine de chasse 308 qui a été coupée aux dimensions du 44...» Il siffla tout bas... «Celui qui a fait ça connaît son boulot. Un véritable artiste...» Il jeta un coup d'œil à Taggart et aperçut deux hommes qui traversaient la salle dans leur direction. «Qui est-ce qui vient?»

Rosewood et Taggart tournèrent la tête, et aucun d'eux ne vit Axel fourrer la douille dans la poche de son blue-jean.

«Oh! merde, chuchota Rosewood, c'est Lutz.»

Lutz s'arrêta à leur hauteur et leur lança un regard mauvais.

«Qu'est-ce que vous foutez ici? gueula-t-il.

— Chef, dit Billy, je vous présente...

— Fermez-la, Roseweed.

— Rosewood, chef...»

59

Axel avait bondi de son siège pour tendre la main à Lutz, qui ne la serra pas.

«Alors c'est vous le patron de la brigade? s'exclama Axel. Belle installation que vous avez là! Tout dernier modèle. Vraiment impressionnant...» Il regarda Biddle comme s'il était un intrus. «Et vous êtes?

— Capitaine Biddle.

— Et vous, qui êtes-vous? demanda Lutz.

— Richard James, du bureau du Marshall*», mentit suavement Axel. Taggart et Rosewood regardèrent par la fenêtre.

«Et que faites-vous dans ma brigade? beugla Lutz, qui ne savait pas parler autrement.

— Je suis venu chercher un prisonnier à la prison du comté pour le conduire à Terminal Island.» Axel hocha la tête d'un air de regret. «Moi qui voulais être un vrai flic, comme ces deux-là, je passe mon temps à transférer des taulards. Aussi, j'en ai profité pour passer dire un petit bonjour.

— Et vous avez dit bonjour? demanda Biddle, sarcastique.

— Ouais. C'était très chouette de faire votre connaissance.»

Il promena un regard admiratif sur la vaste salle cloisonnée de panneaux vitrés et agrémentée d'une profusion de plantes vertes qui auraient crevé en deux jours dans l'atmosphère acide de Detroit.

«Bon, j'y vais. Faut pas faire attendre mon prisonnier. A bientôt, les gars.»

Il sortit d'un pas dansant, avec autant d'assurance que s'il avait été le maître des lieux. Lutz le regarda s'éloigner, son visage cramoisi empreint d'un mépris ouvert pour ce «fédé».

«Il y a du laisser-aller vestimentaire chez Môssieur

---

* Officier fédéral dont les fonctions sont comparables à celles de shérif.

l'Officier fédéral, grinça-t-il avant de se tourner vers Rosewood et Taggart. Et vous deux, qu'est-ce que vous foutez ici?»

Taggart saisit au vol le premier mensonge qui passait.

«Euh... on finissait notre rapport sur l'affaire Peterson, l'extorsion de fonds, vous savez...»

Lutz n'eut pas l'air de le croire.

«Écoutez, sergent Taggart, vous allez exécuter mes ordres et filer à la circulation, ou vous me rendez vos insignes, votre copain Roseweed et vous. Foutez-moi le camp!»

Les deux enquêteurs sortirent, la tête basse, l'air découragé. Non seulement, Lutz était une véritable plaie, mais encore leur ami Bogomil était à l'article de la mort. Ça faisait beaucoup.

Taggart se massait le bras gauche comme s'il souffrait d'un rhumatisme articulaire. «Mon angine de poitrine s'est réveillée à la minute où j'ai vu Foley, marmonna-t-il. Axel a neuf vies, comme les chats. Pas moi...»

Ils sortirent de l'immeuble, tournèrent le coin. Axel était là, qui les attendait, assis sur le capot de leur voiture de patrouille. Il leur sourit de toute la blancheur de ses dents et tapa dans ses mains, comme un entraîneur s'efforçant de revigorer son équipe. «Vous êtes prêts, les gars?»

Rosewood et Taggart le regardèrent avec l'air d'avoir avalé de travers.

«Non, non, c'est pas comme ça qu'il faut réagir, expliqua patiemment Axel. Vous devez me dire : "Ouais, qu'est-ce qu'on attend pour foncer après ce putain de gang de l'Alphabet!"»

Rosewood et Taggart se contentèrent de hausser les épaules.

Axel eut une grimace consternée.

« Non, mais c'est pas vrai ! Voyons, les mecs, ce Lutz n'est qu'un minus qui croit que c'est arrivé. » Axel sauta du capot. « Quant à Biddle, il trouverait pas son trou du cul avec ses deux mains. Le gang de l'Alphabet en sera à la lettre Z que ce pauvre couillon en sera encore à se demander si c'est bien la lettre B qui suit la lettre A. Faut qu'on s'occupe nous-mêmes de cette affaire. Un pour tous, tous pour un, d'accord ? »

Rosewood et Taggart le regardèrent, les bras ballants, enthousiastes comme deux mômes le jour de la rentrée.

« Écoutez, continua Axel, il faut que je sois de retour à Detroit dans trois jours. Je ne peux pas faire ce boulot tout seul. Et il faut qu'on se magne avant que Lutz et Biddle sabotent la piste. »

Taggart secoua la tête.

« Il nous saquera, Axel. Je perdrai ma pension... ma Sécurité sociale... J'ai une femme et deux gosses à nourrir... »

Rosewood leva les yeux au ciel.

« Hé, Taggart, tu n'as plus que deux gosses. Maureen l'a encore quitté, expliqua-t-il à Axel. Elle s'est installée chez sa mère. »

Taggart n'appréciait pas qu'on étale sa vie privée, même devant Axel.

« Ta gueule, Billy ! Elle peut revenir d'un moment à l'autre. »

Axel les interrompit d'un geste de la main.

« Parlons plutôt de ce que nous devons à Bogomil, dit-il. Il y a deux ans il a transgressé tous les règlements de la police et remué ciel et terre pour me tirer du pétrin, et sans lui je ne serais plus dans la police. Aujourd'hui, il est dans le coma, à l'hôpital. Je ne rentrerai pas à Detroit sans avoir au moins tenté quelque chose.» Il regarda Taggart. «Tu ne penses pas que toi aussi, tu lui dois quelque chose, à Andrew?»

Taggart détourna la tête. Bien entendu, il devait quelque chose à Andrew. Il lui devait même beaucoup. Il avait refusé de penser à ça jusqu'ici, et il était presque reconnaissant à Axel de poser la question, même si le risque de se retrouver au chômage était grand.

«D'accord, dit-il enfin. Mais à condition qu'on agisse discrètement. Je te rappelle qu'on a été promus à la circulation, Rosewood et moi.»

Axel sortit la douille de 44 magnum de sa poche, et Taggart regretta aussitôt de s'être engagé à la légère.

«C'est une pièce à conviction, ça, Axel! protesta-t-il. Pour l'amour du Ciel, cette douille est enregistrée et...

— Il y en avait plusieurs. Je n'en ai pris qu'une.

— Pour quoi faire? demanda Rosewood, ahuri.

— Dans la police, Billy, dit Axel en tenant délicatement l'objet entre ses doigts, nous appelons ça un indice. Tu as peut-être déjà entendu ce mot. Il ne doit pas y avoir dans toute la ville plus de quatre types capables de faire un boulot pareil. Il y en aura peut-être un sur les quatre qui reconnaîtra cette douille.»

L'idée parut enthousiasmer Rosewood.

«Ouais, ça, c'est pensé, Axel! Qui sont ces quatre types?»

Axel ne put s'empêcher de rire.

«Si on était à Detroit, je pourrais te le dire. Mais vu que c'est ta ville, ici, j'espérais que tu le saurais.

— Oh...» fit Rosewood.

Taggard se gratta le menton.

«Il y a ce type, au Club de Tir de Beverly Hills, dit-il. Un certain Russ Fielding. Il est renommé, comme armurier.

— Eh bien, commençons par lui, fit Axel, en ouvrant la portière.

— Il faut être membre du club pour entrer», dit piteusement Taggart.

Axel secoua la tête avec véhémence.

«Je regrette, mais je n'ai pas l'intention d'adhérer. Je veux bien y aller, poser quelques questions embarrassantes, y déjeuner même. Mais je ne m'inscrirai pas !

— Je ne pense pas qu'on te le proposera», dit Taggart en montant dans la voiture.

Le Club de Tir de Beverly Hills était une luxueuse demeure plantée au milieu de dix hectares de jardins et de pelouses méticuleusement entretenus. Les pas de tir se trouvaient à l'intérieur du bâtiment, pour des raisons de nuisance. Le reste de la propriété était équipé de courts de tennis et d'un golf à neuf trous, qui offrait à une clientèle choisie la possibilité de prendre un peu d'exercice après avoir exercé son droit constitutionnel à posséder une arme à feu. Axel eut une idée précise de l'endroit dès l'instant où Taggart arrêta la voiture devant l'entrée : exclusivement réservé à de riches amateurs d'armes à feu qui venaient y tirer, jouer et dîner «entre eux».

Le lieu puait le fric. Axel compta sept Bentley et douze Rolls Royce Croniche dans le parking. Il eut le sentiment très net qu'on ne le prendrait pas pour un membre du club quand il y entrerait.

Taggart ne dissimula pas sa stupeur.

«Bon Dieu ! s'écria-t-il. C'est la grande classe, leur stand de tir.

— Lutz et le maire de la ville sont tous deux membres du club», commenta Rosewood.

Axel descendit de la voiture.

«Ça ira, dit-il avec un sourire, j'ai l'habitude des ghettos. On se retrouve chez moi dans une heure. 1603 Hillcrest. Une grande maison blanche. Vous ne pouvez pas la manquer.»

Taggart démarra lentement, prenant le temps d'observer Axel qui remontait l'allée d'un pas nonchalant en direction du club. «Il y va!» s'exclamat-il, stupéfait. Il accéléra. «Après tout, ce sont ses fesses, pas les nôtres.»

*
* *

Dire que l'hôtesse, à la réception, fut surprise de voir débarquer un Noir misérablement vêtu serait un euphémisme.

«Puis-je vous aider? articula-t-elle néanmoins d'une voix suave.

— Je suis de la compagnie Metalux, recherche en explosifs, dit Axel. M. Russ Fielding travaille bien chez vous?

— En effet.

— Je dois lui livrer des cartouches de nitrate de plutonium multi-explosif à têtes chercheuses.»

La réceptionniste tricota des sourcils d'un air perplexe et se rabattit sur son agenda.

«Il n'y a pas de livraison prévue aujourd'hui», ditelle.

Axel avait vidé le chargeur de son Browning et il aligna une par une les neuf cartouches sur le bureau de la secrétaire, comme s'il disposait des pions sur un échiquier.

La jeune femme les contempla sans plaisir et avec un air d'ignorance manifeste. Elle avait beau travailler dans un club de tir, elle n'aurait pas reconnu une cartouche de chasse d'une roquette anti-char.

«Je vois, dit Axel, résigné, il y a encore eu une erreur. Vous pouvez appeler Metalux si vous voulez vérifier. Moi, je me tire. Je suis payé pour les transporter de l'usine A au club B... Et c'est bien le club B, ici? Alors, j'ai pas envie de me faire sauter la gueule parce qu'une secrétaire a oublié de noter ma livraison sur son agenda.» Il planta son regard dans les yeux éberlués de la fille. «Laissez-moi vous donner un bon conseil. Quand vous porterez ces cartouches à votre armurier...

— Oui!

— N'éternuez pas et, si vous pétez, tâchez de le faire discrètement.»

Il tourna les talons et se dirigea d'un pas vif vers la porte, comme s'il voulait s'éloigner au plus vite. La réceptionniste se leva et l'appela.

«Monsieur...»

Axel ne se retourna pas.

«Excusez-moi, monsieur, excusez-moi...»

Axel s'arrêta et demanda, les sourcils en accent circonflexe :

«Moi?

— Oui, monsieur, je me demandais si vous ne pouviez pas les remettre vous-même à M. Fielding?»

Axel fronça les sourcils.

«Hé! je suis que le livreur, moi! Je touche trois cent soixante-quinze dollars pour aller de A en B, pas de B en C. J'ai une femme et trois enfants, m'dame. Et j'avais un copain, Bootsie, qui est parti en fumée à cause d'un truc comme ça. Vous l'avez peut-être lu dans les journaux. Il y avait des morceaux partout.

— Je vous en prie, supplia l'hôtesse en glissant un regard inquiet vers les cartouches. Prenez ces cartouches et allez les remettre à M. Fielding. Il saura quoi en faire.»

Axel croisa les bras et regarda la jeune femme.

«Et je gagne quoi en vous rendant ce service?

— Oh! bien sûr», dit-elle. Elle ramassa son sac à main au pied de sa chaise et en sortit un billet de dix dollars.

Axel fronça les narines. «Peuh! dix sacs! J'ai une femme et trois gosses, m'dame.»

La réceptionniste tira dix autres dollars de son sac. Axel prit l'argent et ramassa les cartouches avec autant de délicatesse que s'il balayait des miettes de pain sur une nappe. La secrétaire grimaça.

«Vingt sacs, merde! marmonna-t-il. Je risque ma peau pour vingt malheureux sacs. C'est tout ce qui restait de Bootsie. Vingt sacs et une paire de tennis.

— Je suis navrée pour votre ami.

— Ouais, moi aussi, m'dame. C'est par où?»

Elle désigna une porte au bout de la réception et le regarda s'éloigner avec un soulagement évident.

*
* *

Russ Fielding était assis derrière son comptoir, dans l'armurerie encombrée des outils de sa profession et de râteliers chargés d'armes de toutes sortes. Il était plongé dans la lecture d'*Armes et Munitions*. Axel ne put s'empêcher d'admirer les armes exposées. Il y avait des fusils Anschutz finement gravés, des Winstow aux fûts en bois de noyer, des carabines Iver Johnson — le tout en si grand nombre qu'on aurait pu tenir un siège contre un bataillon de Marines. Il y avait même une mitraillette Uzi.

Le seul article qui ne parût guère péter le feu, c'était

Russ Fielding lui-même. Ventru, mal rasé, des doigts épais qu'on imaginait mal en train de manipuler tous ces mécanismes délicats destinés à donner la mort.

«Vous êtes Russ Fielding, l'armurier?»

Fielding releva la tête. «Ouais.»

Axel posa la douille de 44 magnum sur le comptoir.

«Vous en avez déjà vu, des comme ça, Russ?»

L'homme jeta à peine un regard sur le petit cylindre d'acier.

«Ouais, c'est une douille de fusil, un 308, taillée pour un automatique 44 magnum. Et alors?»

Aucun des deux hommes ne vit la petite caméra vidéo installée dans l'un des coins du plafond pivoter pour venir braquer son objectif sur eux. Quelqu'un, quelque part dans le club, les observait.

«Vous pourriez m'en faire, des cartouches comme ça? demanda Axel, les deux coudes appuyés sur le comptoir.

— Peut-être, si j'avais le temps. Où avez-vous trouvé celle-ci?

— C'est Clint Eastwood qui m'en a fait cadeau», répondit Axel.

Au même instant, une femme entra dans la pièce. Elle était grande, blonde, et ses yeux bleus avaient un éclat glacé. Axel resta bouche bée. De sa vie, il n'avait vu pareille beauté. Il se demanda si elle accepterait de rentrer à la maison avec lui et d'être la mère de nombreux enfants.

«Je m'appelle Karla Fry, dit-elle en rejetant en arrière sa crinière blonde. Je suis l'assistante du directeur.

— Richard James, dit Axel. Félicitations, vous savez y faire.

— Merci. Russ? Est-ce que je pourrais vous parler une minute?»

Russ s'arracha à sa chaise et Karla le prit par le bras pour l'entraîner avec elle hors de l'armurerie.

« Qui est cet homme ? » demanda Karla quand ils furent dans le couloir.

Fielding haussa les épaules en signe d'ignorance. « Je ne sais pas. Il est venu me montrer la douille d'une cartouche de 44 magnum fabriquée ici.

— Vous en êtes sûr ? »

Russ savait reconnaître son travail mieux qu'un père son enfant.

« Ouais, j'en suis sûr. J'en ai monté un sac plein pour M. Cain.

— Vous n'en avez rien dit à notre visiteur, n'est-ce pas ? demanda Karla avec calme.

— Non.

— Ne le faites pas, ordonna-t-elle. Et retenez-le ici le temps que je revienne. »

Karla traversa la réception et gagna la rangée de portes d'ascenseurs qui flanquait l'un des murs. Tirant une clé de sa poche, elle déverrouilla la porte d'un ascenseur privé et appuya sur le bouton du quatrième étage. Quelques secondes plus tard, elle poussait une porte à double battant ornée d'une plaque de cuivre gravée au nom de M. Dent. Elle était la seule personne de la maison à avoir libre accès au bureau de Maxwell Dent. Les autres devaient attendre qu'on les convoque dans le sanctuaire.

Le bureau de Dent était silencieux, froid et austère — comme l'homme lui-même. Il était assis derrière un grand bureau au plateau de verre et aux pieds en acier, sur lequel il n'y avait rien d'autre qu'un bloc-notes et un téléphone. Douze écrans de télévision tapissaient le mur derrière lui, grâce auxquels il pouvait surveiller tout ce qui se passait dans le club.

Il se détourna de l'écran sur lequel il avait observé Axel.

«Eh bien? demanda-t-il en fixant ses yeux gris sur Karla.

— Je crois que nous avons un problème, répondit-elle, les lèvres pincées. Russ dit qu'il a fabriqué cette douille pour Cain.»

Dent tendit la main vers le bouton de l'interphone.

«Faites monter Cain, dit-il d'une voix qui trahissait une origine germanique.

— L'un des hommes qui étaient avec moi chez Adriano a utilisé un automatique 44 magnum», observa Karla.

Dent fit immédiatement le rapprochement. «Cain a fait fabriquer ici des cartouches spéciales qui ont été utilisées chez Adriano. Et le résultat, c'est que nous avons maintenant un fouineur sur les bras. C'est parfaitement stupide de la part de Cain.»

Karla haussa les épaules. Cain s'arrangerait pour réparer son erreur.

«Retourne voir notre hôte, dit Dent très calmement. Et retiens-le, le temps que je voie ce qu'on en fait.»

On frappa à la porte. «Entrez», dit Dent d'un ton sec.

Chip Cain apparut. L'homme donnait au premier abord une impression de douceur. Son costume, son visage, ses mouvements, tout était doux et lisse. Ce n'est qu'au bout d'un moment qu'on comprenait que sous cette eau calme bouillonnait une rare violence. Le vrai Chip Cain n'avait rien d'un tendre.

«J'aimerais qu'on poursuive avec les plans C et D», annonça Dent sans préambule, avec une curieuse tension dans la voix.

Cain parut surprise. «Mais nous venons juste de...»

Dent leva les yeux vers lui et Cain se tut. Puis il reprit, lentement, avec application, comme s'il tentait de faire comprendre quelque chose à un enfant retardé.

«Nous nous sommes engagés à payer dix millions de dollars à Thomopolis. L'argent devra être remis demain, à dix-huit heures. Vous me suivez, Chip?»

Cain n'aimait pas qu'on lui parle de cette façon, mais Maxwell Dent était le patron, et Cain faisait toujours ce qu'on lui disait de faire.

«Si nous échouons, poursuivit Dent de cette même voix lente et appliquée, je me trouverai dans une position tout à fait fâcheuse. Aussi...» Il marqua une pause, pour retenir l'attention de Cain... «J'aimerais qu'on passe à la phase suivante et, si possible, en évitant les erreurs commises chez Adriano.

— Quelles erreurs? Le coup a été parfaitement réussi.

— Le coup, comme vous dites, a été parfaitement organisé, mais il a été exécuté avec une incompétence néolithique. C'est en partie ma faute, je dois l'avouer. J'ai en effet pensé qu'il me suffisait d'être clair pour me faire comprendre et, de toute évidence, je me suis trompé.»

Cain secoua la tête.

«Je ne comprends pas.»

Dent leva les yeux au plafond comme s'il prenait le ciel à témoin. «Il ne comprend pas!»

Puis il reporta son regard de glace sur Chip Cain. Celui-ci s'agita nerveusement sur sa chaise.

«Disons-le clairement, vous avez saboté l'opération, reprit Dent sans élever la voix. Je me suis donné beaucoup de mal pour que mon nom ne puisse en aucun cas être lié aux opérations Alphabet. Karla et vous, vous êtes les seuls à savoir quel est mon rôle dans cette affaire. Et vous avez fourni à vos hommes de main des armes appartenant au club...

— Oui, dit Cain, mais elles étaient parfaitement propres. Il est impossible d'en retrouver l'origine. Quant aux messages laissés par Karla après chaque coup, comment vous soupçonnerait-on d'en être l'auteur ?»

Dent agrippa de ses deux mains le bord de son bureau.

«Alors, dites-moi pourquoi il y a ici, dans mon club, un type en possession d'une douille de cartouche de 44 magnum fabriquée par mon armurier ?»

Cain haussa les épaules en signe d'ignorance.

«Je ne sais pas. Qui est-ce ?

— Un flic, je suppose. D'après vous ?

— Je n'en sais rien, je ne l'ai pas vu.

— Eh bien, vous allez le voir.»

Dent appuya sur un bouton et, sur l'un des écrans, apparut l'image d'Axel qui se trouvait en ce moment même sur l'un des pas de tir en compagnie de Karla.

«Le Noir ? demanda Cain.

— Le Noir. Maintenant, regardez bien cet homme, Chip, parce que vous allez le tuer.» Dent prononça la sentence de mort du même ton de voix qu'il aurait mis à demander à l'une de ses secrétaires de lui apporter une tasse de café.

«Quoi !» Cain réprima un frisson. Il n'avait encore jamais tué personne, s'arrangeant toujours pour laisser cette tâche à d'autres. «Vous voulez que...

— Que vous l'éliminiez, scanda Dent. Vous avez commis une erreur, c'est à vous de la réparer.» Il marqua une pause. «Vous pouvez disposer.»

Cain s'éloigna lentement. Dent était le patron. Et Cain ne se dérobait jamais à un ordre. Il veillerait à ce que ce flic soit éliminé, mais il était hors de question qu'il appuie lui-même sur la détente.

Axel ne savait ce qu'il fallait admirer le plus, de la femme ou de son habileté aux armes. Elle tenait à bout de bras un Walther 22 dont la crosse se moulait parfaitement à sa main. Elle tira rapidement les cinq cartouches. Dans le mille à chaque coup! Son bras et son épaule bougèrent à peine sous le recul du revolver. Elle donnait l'impression d'être vissée au sol. Quand le bruit de la dernière détonation mourut, absorbé par l'épaisse insonorisation, elle essuya le canon encore fumant avec un chiffon.

«Oui, je sais tirer, dit-elle en souriant à Axel. Y at-il autre chose que vous aimeriez savoir?

— Puisque vous me le demandez, j'aimerais savoir combien de temps vous mettez pour raser des jambes aussi longues que les vôtres? Un jour, deux? J'aimerais bien assister à ça. J'pourrais m'installer chez vous, j'apporterais des provisions.

— Vous essayez d'être drôle?

— C'était mon idée, avoua Axel, mais j'ai pas l'impression d'avoir réussi.»

Karla ôta le chargeur vide du Walther et entreprit de le recharger. Au même instant, Chip Cain entra dans le stand de tir et feignit la surprise en voyant Karla et Axel.

«Un nouveau membre, Karla? demanda-t-il doucement.

— Pas encore, Chip. Je vous présente Chip Cain, dit-elle à Axel. Le directeur du club.»

Axel regarda autour de lui en hochant la tête d'un

air appréciateur. «Belle installation que vous avez là, Chip. Vraiment très classe.»

Cain eut un sourire satisfait.

«Nous faisons de notre mieux. Vous aimeriez peut-être vous inscrire?

— Absolument! répondit Axel avec enthousiasme.

— Où dois-je vous envoyer le formulaire d'inscription?

— 1603 Hillcrest.

— Parfait, dit Cain. Nous vous ferons parvenir le formulaire d'inscription par porteur spécial.»

Axel sourit. «Très bien...» Il consulta sa montre. «C'est pas que je m'ennuie, mais il faut que j'y aille.

— Au revoir, monsieur James, dit Karla d'une voix soyeuse.

— Nous nous reverrons, répondit Axel. Je le sens.»

*
* *

Karla regagna le bureau de Dent. Celui-ci était occupé à composer les nouveaux codes des opérations C et D.

«A propos du Noir, dit Karla, Chip prétend que c'est comme si c'était fait.

— Je ne demande qu'à le croire», dit Dent sans lever les yeux de son travail.

Karla percha une fesse ronde sur le bord du bureau, ses longues jambes étirées devant elle. «Que fait-on du flic qui est à l'hôpital?

— Eh bien?

— Tu ne veux pas qu'on l'élimine définitivement?

— Il y a toutes les chances pour qu'il soit encore dans le coma demain à dix-huit heures. D'autre part, il est gardé vingt-quatre heures sur vingt-quatre par trois hommes. Deux devant la porte de sa chambre, un à l'intérieur.

— Je pourrais m'en charger.»

Dent termina d'inscrire le code avant de lever les yeux vers Karla.

«Ma chérie, gloussa-t-il, nous faisons des affaires, pas la guerre.

— De toute façon, il ne nous a pas vus, dit-elle.

— Et il ne nous verra pas. Du moins pas avant après-demain. Il n'y a aucun risque. Mon plan est parfait.» Il tendit à la femme le dernier message. «Voici le dernier code. Ce qu'il perd en style, il le gagne en information.»

Elle lut la suite de chiffres. «Est-ce qu'ils pourront déchiffrer celui-ci?»

Dent se renversa dans son siège de cuir. «Ils le déchiffreront quand nous le voudrons.»

*
* *

Jack May et Willie Slotnick étaient les deux hommes de main qui avaient participé au hold-up de chez Adriano et à la tentative d'assassinat de Bogomil. Mac était le grand costaud au 44 magnum qui prenait son pied à tirer sur tout et n'importe qui. Willie, préposé à la razzia sur les bijoux, n'avait rien contre le meurtre, pourvu que ça lui rapporte. Ils avaient changé leur Trans-Am pour une Camaro noire. Ils attendaient Cain dans la voiture, qu'ils avaient garée dans une petite rue du quartier d'Hollywood.

Jack colla une cigarette à sa bouche. «T'as une allumette?» demanda-t-il.

Willie donna un coup de poing dans le volant.

«Putain, qu'est-ce qu'il branle?» Willie détestait poireauter. Ça le rendait nerveux.

«T'as une allumette? redemanda Jack.

— Non. Je fume pas. Tu le sais. C'est pas bon pour la santé.»

Jack essaya de nouveau l'allume-cigare de la voiture. En vain. «Merde!»

Willie serra soudain le volant entre ses mains. «Le voilà.»

Cain gara sa Buick de l'autre côté de la rue et rejoignit les deux hommes. Willie baissa la vitre et Cain lui remit une liasse de billets de cent dollars.

«Il s'appelle Richard James. C'est un Noir. Un flic. 1603 Hillcrest.» Jack et Willie opinèrent du bonnet.

«Faut que ce soit fait ce soir. Ordre du patron. Et pas de conneries», précisa Cain.

Jack se pencha vers la portière et regarda Cain. «Ouais, vous inquiétez pas, ce sera fait, dit-il lugubrement. Z'auriez pas une allumette?»

Cain plongea la main dans la poche de son veston et sortir une pochette d'allumettes. Il la lança à Jack qui s'en saisit au vol. «J'peux la garder? L'allume-cigare marche plus.

— Ce soir, d'accord?» fit encore Cain. Il regagna sa voiture, et Jack May alluma sa cigarette. Il jeta la pochette sur le vide-poches du tableau de bord, puis il se pencha en avant pour ramasser l'arme dissimulée sous son siège. C'était un pistolet-mitrailleur MP 5K qui balançait des balles comme s'il en pleuvait. Il ajusta sur le canon un silencieux de la taille d'un concombre. «Allons-y», dit-il à Willie.

7

Axel sonna à la porte de chez Bogomil. Pas de réponse. Il alla jeter un coup d'œil dans le garage. Pas de voiture. Jan n'était pas encore rentrée. Elle ne lui en voudrait pas s'il entrait sans l'attendre. Il fit le tour de la maison jusqu'à la porte de derrière et n'eut qu'à faire glisser le pêne avec une carte de crédit pour l'ouvrir. Ces flics californiens, même pas un bon verrou à leur porte !

Il traversa la cuisine et gagna le bureau du capitaine, qui jouxtait la chambre. La chemise rouge trônait sur la table de travail, là où Bogomil l'avait laissée ce matin-là, avant de partir à son travail, de se voir suspendu de ses fonctions et de se faire descendre quelques instants plus tard.

Axel ouvrit le dossier et tomba sur tous les articles de presse soigneusement réunis par le capitaine. Il se mit à les étudier, s'efforçant d'y comprendre quelque chose.

Il était plongé dans la lecture des cours du pétrole de ces derniers mois quand une voix dans son dos claqua comme un fouet dans une cage aux lions : «Haut les mains!»

Axel sursauta avant de reconnaître la voix de Jan. Il pivota lentement sur sa chaise. La jeune fille pointait sur lui un automatique.

«Pas mal! dit Axel en riant. Tu es bien la fille de ton père. Excuse-moi, Jan, d'être entré comme ça, mais je n'avais pas le temps d'attendre. Comment ça va?»

Jan laissa retomber son bras avec un soupir de soulagement et rangea son arme dans son sac à main.

«Fatiguée, répondit-elle. Je me suis mise en retard en passant au bureau pour y prendre un peu de travail, histoire de m'occuper l'esprit.

— Tu bosses toujours dans cette compagnie d'assurances?»

Jan hocha la tête. «Ce n'est pas très passionnant comme boulot, mais au moins on ne risque pas de se faire tirer dessus.

— Eh bien, c'est plutôt rare dans cette ville. Je n'ai jamais vu autant d'armes à feu que depuis que j'ai débarqué ici. Je reviens du Club de Tir de Beverly Hills, et il y a là-bas de quoi faire capoter les dix prochaines conférences sur le désarmement.»

Jan sourit. «Tu as trouvé quelque chose?

— Seulement ça, répondit Axel en désignant les papiers étalés sur le bureau.

— Et alors?»

Axel haussa les épaules.

«Difficile à dire. Il y a un tas de coupures de presse sur les affaires pétrolières, quelques rubriques mondaines, où l'on retrouve les noms d'un certain Maxwell Dent et d'un autre type nommé Nikos Thomopolis, apparemment un marchand d'armes.

— C'est une coïncidence, dit Jan. Dent est propriétaire du club de tir où tu es allé.»

Axel croyait peu aux coïncidences. «Comment le sais-tu? demanda-t-il.

— Oh! les potins mondains. Dent fait partie de la Jet Society.»

Axel ramassa quelques articles de presse. «Ton père semblait très intéressé par les cours du pétrole. Il a investi de l'argent là-dedans ou quoi?»

Jan eut un petit rire triste.

«Avec sa paye de flic? Ça ne risque pas.

— Ouais, tu as raison...» Axel feuilleta les papiers. «J'ai aussi trouvé ça, fit-il, il y est question d'un night-club, le 385. Tu connais?»

Jan fit signe que non de sa jolie tête.

Axel réfléchissait. «Écoute, dit-il, je pense qu'on a descendu ton père parce qu'il avait flairé quelque chose. Est-ce que tu avais remarqué un changement chez lui, ces derniers temps. Je veux dire dans ses habitudes, son emploi du temps?»

Jan fronça les sourcils. «Non... Il rentrait toujours à l'heure. Tu le connais... Footing chaque matin, et puis le boulot jusqu'au soir. Pas de sortie après dîner.» Elle se laissa tomber sur une chaise.

Axel remarqua sa fatigue, ses traits creusés, ses yeux cernés. «Écoute, dit-il doucement, je sais que tu es très fatiguée, mais pourrais-tu faire quelque chose pour moi?

— Ce que tu voudras, Axel...

— J'ai besoin de renseignements sur ce Maxwell Dent. Demain, à ton travail, demande autour de toi. Vois s'il n'a pas une police d'assurance quelque part.

S'il est aussi riche que ça, il aura certainement été démarché à un moment ou à un autre par un type de votre boîte. Si tu trouves quelque chose, appelle Rosewood. Il saura où me trouver. »

Jan eut l'air sceptique. « J'essaierai, dit-elle, mais je ne te promets rien. »

Axel se leva et lui caressa la joue. « Tu devrais te reposer maintenant. Et ne tire sur personne, d'accord ?

— Non, ne t'inquiète pas. » Elle souriait, à présent.

« Te dérange pas, je connais le chemin », dit Axel en partant.

Dans le petit couloir qui séparait le bureau de la chambre à coucher, il remarqua les chaussures de jogging du capitaine. Elles étaient couvertes de boue rouge. Le pantalon de survêtement, accroché à une patère, était lui aussi crotté jusqu'aux genoux, de la même terre.

Dehors, dans le jardin, la terre était sombre, presque noire. Cette boue rouge ne venait sûrement pas d'ici. Pensif, Axel regagna la Cadillac. Il démarra lentement, laissant derrière lui une jolie traînée de gaz noirâtres. De quoi faire fumer de rage toutes les ligues anti-tabac et les nostalgiques du jardin d'Éden.

*
* *

« Il a dit dans une heure au 1603 Hillcrest, dit Rosewood au volant de la Plymouth verte de la brigade.

— Ouais », grommela Taggart, de plus en plus intrigué à mesure que les maisons se faisaient plus grandes, plus riches, plus tapageusement somptueu-

80

ses. «Ce ne sont plus des baraques de millionnaires, observa-t-il, ce sont des palais de milliardaires!

— Allons, sergent, il ne faut pas être envieux comme ça...

— Tu as raison. Je me demande d'ailleurs pourquoi je m'inquiète encore de ce que peut nous réserver Axel. Quand on a déjà le choléra, c'est pas très grave d'attraper le typhus.»

Billy commençait à penser que Taggart manquait décidément d'optimisme. C'étaient encore ses déboires maritaux.

«Tu sais, dit-il, avec toute la sympathie d'un bourdon pour une fleur, Maureen savait que tu n'étais pas facile à vivre quand elle t'a épousé. Mais elle a eu tort de penser que tu finirais par changer.

— Merci, grogna Taggart. Tourne à gauche, s'il te plaît.

— Dans un sens, reprit Billy, toujours prêt à s'enfoncer, je l'admire, Maureen. Avoir le courage de te quitter et de chercher une vie meilleure, il faut le faire.

— Ta gueule, Billy!» gémit Taggart. Il sortit un long et mince manille de la pochette de son veston, en décapita l'extrémité d'un coup de dents et l'alluma.

«Et la fumée, c'est pas bon pour toi, non plus, dit Billy.

— Pour moi, peut-être, dit Taggart, mais pour mes nerfs, si.»

Rosewood hocha la tête d'un air chagriné. «Je voulais te remonter le moral, mais j'ai l'impression d'avoir raté mon coup. Tu sais, le mieux pour toi, c'est que tu arrêtes de penser que tu seras bientôt au chômage, et que Maureen obtiendra le divorce et une grosse pension alimentaire que tu n'auras pas les moyens de payer...»

Taggart s'agita nerveusement sur son siège. «Tu veux être sympa avec moi, Billy? demanda-t-il d'une voix aussi calme que l'œil d'un cyclone. N'essaie plus de me remonter le moral!»

Soudain, Billy écrasa la pédale des freins, et Taggart faillit donner du front contre le pare-brise. Le cigare qu'il serrait entre ses dents encaissa mal le choc et se plia si bien en équerre que Taggart loucha sur le bout incandescent.

Le 1603 Hillerest était là devant eux, vaste et blanc mélange d'architecture coloniale, avec une touche gréco-romaine, et une pointe de Renaissance française. Une vraie splendeur, subtile comme une publicité pour couches-culottes.

Ils descendirent de la voiture et jetèrent un œil dans l'allée. «C'est sûrement une erreur!» s'exclama Taggart, qui sentit son angine de poitrine se rappeler cruellement à lui. Il se frotta vigoureusement le bras gauche.

«Non, il y a sa voiture, observa Rosewood en désignant l'El Dorado garée en haut de l'allée.

— S'il est là, c'est sûrement pas avec la bénédiction du propriétaire, grogna Taggart.

— On ferait mieux d'aller voir.»

Billy poussa la grille et s'engagea dans l'allée.

Du carrefour voisin, Willie et Jack les regardèrent entrer dans la propriété.

«Des flics», dit Jack. Il les reconnaissait toujours quand il en voyait.

La porte d'entrée était ouverte, et les deux détectives entrèrent sur la pointe des pieds.

La moquette neuve était rose tendre, une couleur très Beverly Hills, et de larges bandes de plastique la sillonnaient comme de minuscules autoroutes, la préservant des traces de pas des ouvriers. La cuisine était aussi vaste que celle d'un restaurant. La cuisinière à elle seule comptait plus de boutons et de voyants que le tableau de commandes d'un 747.

«Axel? appela Rosewood.

— Je n'aime pas ça, dit Taggart, le front luisant d'une sueur froide. Qu'est-ce qu'il pourrait bien foutre dans une baraque pareille?»

Soudain un cri retentit dans la maison. Les deux hommes restèrent figés. «D'où ça vient?» siffla Taggart.

Un autre cri s'éleva.

«De la terrasse! dit Rosewood. Allons-y!»

L'arme au poing, ils s'élancèrent vers les portes-fenêtres grandes ouvertes et jaillirent en position de tir, bras tendus, jambes fléchies, leurs revolvers pointés sur... Axel, assis sur un énorme fauteuil flottant dans la piscine. Il portait une sortie de bain vert pâle, des lunettes de soleil larges comme des soucoupes et un chapeau de paille grand comme un parasol. Sur ses genoux était ouvert le dossier constitué par Bogomil, mais il regardait un téléviseur plus volumineux qu'un réfrigérateur qui vomissait au bord de la piscine un jeu télévisé. Et ce concurrent de la ville de Providence, Rhode Island, avait bien failli empocher le super-banco! Le type était passé tout près, risquant une stupide «boîte à ordures» alors que la bonne réponse, c'était «vide-ordures», bien sûr!

Axel tourna la tête vers Taggart et Rosewood qui le regardaient avec stupeur.

«Salut, les mecs, les bières sont dans le frigo. A moins que vous préfériez quelque chose de plus corsé. Ah! c'est vrai, vous êtes en service. Mais il y a plein de Perrier.»

Billy ne put s'empêcher de rire. Taggart ne trouva pas ça drôle du tout. Il rengaina son arme.

«Qu'est-ce que tu fous ici, Axel? grommela-t-il.

— Je me gâte pourri, Taggart. C'est un peu grand, comme surface, mais faut savoir s'adapter, pas vrai?

— Tu as volé cette maison, hein?

— Comment peut-on voler une maison, Taggart? Non, la baraque appartient à mon oncle. Il est à Paris en ce moment.

— Sors-moi de cette piscine, Axel!

— Allons, Taggart, détends-toi. Désape-toi et pique une tête dans l'eau. Elle est super. A la température du corps.»

Rosewood jeta un regard plein d'espoir à Taggart. Un bain, il en avait l'eau à la bouche, Billy! Et puis ça lui ferait du bien, au sergent. Mais Taggart ne l'entendait pas de cette oreille. Il rendit son regard à Billy. «Pas question.»

Il s'avança jusqu'au bord de la piscine. «Je te donne sept minutes pour sortir de cette maison, Axel, ordonna-t-il. Tu fais honte à toutes les polices des États-Unis d'Amérique.»

Axel aborda avec son fauteuil flottant et se hissa à côté du sergent. «Je t'adore quand tu te fous en rogne, Taggart.» Il fit mine de vouloir l'embrasser, et Taggart s'écarta si vivement qu'il glissa sur le rebord humide, perdit l'équilibre, moulina désespérément des bras et... tomba à l'eau.

Axel hurla de rire, et Rosewood se plia en deux derrière un fauteuil pour que Taggart ne le vît pas en train de se fendre la poire.

«Je t'aurais trouvé un maillot de bain si tu me l'avais demandé», dit Axel entre deux éclats de rire.

Taggart sortit de l'eau et resta planté sur la pelouse, ruisselant et furieux. «Axel, pour l'amour du Ciel...

— Non, l'interrompit Foley, pas de sermon...» Il

se dirigea vers la maison. «Vous me direz quand vous serez prêts à descendre en ville, d'accord?»

Ni Rosewood ni Taggart ne répondirent.

Axel s'arrêta et se retourna.

«Quel enthousiasme! s'exclama-t-il, railleur. Eh bien, vous avez tort de faire la tête, parce que je vous emmène au 385. Un club ultra-sélect, je le sais par Bogomil, croyez-le ou pas. Taggart, je te conseille d'aller te sécher et de voir ce que tu peux trouver dans la garde-robe de mon oncle.»

*
* *

Il faisait nuit quand ils quittèrent la résidence des Rosenberg et prirent la direction de la côte à bord de la Plymouth. Ils ne virent pas la Camaro noire qui démarrait derrière eux, et qui les suivait discrètement.

Taggart se sentait mieux. Il n'avait jamais été aussi bien sapé.

«Un type de la Crime m'a dit que le club 385 appartenait à un Grec. Paraît qu'on y trouve les plus belles nanas de toute la côte», dit-il, presque gaiement.

Axel gloussa. «Tu aimes les dames, hein, Taggart? Si toutes tes conquêtes téléphonaient chez toi, je comprends que Maureen en ait eu assez de jouer les standardistes.

— Ta gueule, Axel.

— Qui sait, dit Rosewood, nous ferons peut-être ce soir la connaissance de la nouvelle Mme Taggart.»

Le parking du 385 ressemblait à un salon de la voiture étrangère. Hormis leur Plymouth, il n'y avait pas une seule voiture américaine. Ce n'étaient que BMW, Mercedes, Rolls et Bentley.

«Il n'y a donc personne dans cette ville qui conduise une Ford ou une Chevrolet? s'écria Billy.

— Seulement les flics et les domestiques», marmonna Taggart.

Le club était une construction longue et basse, sans ouvertures côté rue, à l'exception d'une lourde porte peinte en rouge qui s'ouvrait de temps à autre en libérant un flot de musique, pour laisser entrer ou sortir les membres de la maison. Une silhouette aux épaules carrées, serrées dans un spencer blanc, se tenait devant l'entrée. Une petite plaque en cuivre luisait doucement sur la porte : «Club Privé». Deux mots qu'Axel affectionnait particulièrement.

«Et comment comptes-tu rentrer là-dedans? demanda Rosewood.

— Je vais sortir mon flingue et ma carte et annoncer qu'on fait une perquise.»

Taggart ressentit une douleur aiguë dans la poitrine. «Axel!» aboya-t-il.

Rosewood roula des yeux ronds. «Tu plaisantes ou quoi?»

Axel avait les yeux fixés sur le videur au spencer blanc. «Bien sûr que je plaisante!»

Ils descendirent tous trois de la voiture.

«Vous deux, attendez-moi ici, dit Axel. Taggart, veux-tu rester légèrement dans l'ombre?

— Pourquoi ça?

— Parce que tu es sur le point de devenir célèbre.»

Axel se dirigea vers la porte d'un pas assuré et il s'apprêtait à la pousser quand une main le retint par l'épaule.

«Excusez-moi, monsieur, êtes-vous membre du club?» De près le type paraissait vraiment très grand, et le battoir qu'il gardait sur l'épaule d'Axel pesait trois tonnes.

«Non, répondit Axel. Je ne suis pas membre. Je voulais seulement jeter un coup d'œil sur le service de sécurité.»

L'homme parut perplexe. «Le service de sécurité, hein? Vous l'avez devant vous! Satisfait! Maintenant c'est un club privé ici, et...»

Axel hocha la tête en souriant.

«Je m'excuse, c'est ma faute. Je suppose que nos services ont encore cafouillé. Ils devaient vous avertir.

— M'avertir de quoi?»

Axel se tourna vers l'endroit où se tenaient Taggart et Rosewood. «Vous ne reconnaissez pas l'homme qui est là à droite?»

Le videur regarda Taggart. «Non, apparemment, c'est pas Jane Fonda.»

Axel se marra, complaisant. «Exact. L'homme au front dégarni...» Il baissa la voix... «C'est l'ex-président Gerald Ford.»

Taggart vit l'homme au spencer le dévisager avec insistance, et il grimaça un sourire.

«Il ne lui ressemble pas beaucoup, dit le videur, méfiant.

— Ah! bon, et vous avez souvent l'occasion de le rencontrer, Gerald Ford? répliqua Axel. Vous savez, quand on a été président, on ne peut pas se permettre d'aller n'importe où. Mais qu'est-ce que vous voulez, le vieux préfère se trémousser dans une boîte plutôt que de jouer au golf.»

Le videur n'était toujours pas convaincu.

«Si ce type est Gerald Ford, vous, qui êtes-vous? Sa femme Betty?

— Très drôle, vraiment très drôle, dit Axel en sortant sa plaque de police et en la fourrant sous le nez du soupçonneux. Axel Foley, Services Secrets. Vous croyez peut-être que l'homme se balade tout seul, comme le premier pékin venu?

— Non, bien sûr que non», répondit le videur, soudain servile. Il pensait à ce que lui ferait le Grec s'il apprenait par la presse mondaine que Gerald Ford s'était vu interdire l'entrée du 385 par un larbin. «C'est un honneur de vous accueillir, monsieur Foley. Je veillerai à ce que le président ait la meilleure table. Je m'excuse de ce contretemps, mais on n'est jamais trop prudent.

— Le président appréciera votre conscience professionnelle», dit Axel.

Il revint vers Taggart et Rosewood. «Alors, vous venez, les gars?

— On peut? demanda Taggart, incrédule.

— Quelle question!»

Axel les entraîna vers la porte qu'ouvrit un videur cérémonieux. «J'ai voté pour vous, monsieur le Président, dit-il, en s'effaçant devant Taggart.

— Qu'est-ce que... marmonna Taggart en se tournant vers Axel.

— Il te prend pour Gerald Ford, lui chuchota à l'oreille Axel. Alors relève la tête et marche un peu moins voûté.»

Taggart sentit la douleur à sa poitrine monter d'un cran.

A l'intérieur du 385, le décor était gréco-romano-berbère avec éclairage tamisé. Un mélange de Colisée et de souk arabe, avec tapis persans, colonnes de marbre et des spots et des lasers braqués sur une piste de danse et une scène sur laquelle une strip-teaseuse achevait son numéro. Des bougies sur les tables basses assuraient la pseudo-intimité chère aux m'as-tu-vu qui fréquentent ce genre de boîte. Il y avait foule, et orgie de décibels.

Axel souriait à la ronde, Rosewood ouvrait de grands yeux, et Taggart se détendait. On ne lui avait pas menti, au sergent : les femmes étaient belles comme des avions et traînaient des menaces de divorce dans leurs sillages parfumés et des chaloupements de croupes callipyges à vous faire péter une coronaire. Sa pomme d'Adam montait et descendait dans sa gorge, et ce n'était pas l'angoisse qui en était la cause.

Une hôtesse s'approcha de leur table. Elle portait une jupette grande comme un bikini et un chemisier qui n'était pas taillé pour l'habiller. Elle se pencha vers eux, sous le regard allumé de Taggart et les yeux exorbités de Rosewood, qui la fixait avec une mine de ménagère polonaise découvrant son premier supermarché occidental.

«Que désirez-vous, messieurs?» ronronna-t-elle.

Elle sourit à Taggart. Elle avait toujours pensé qu'il était plus vieux que ça, ce qui prouvait que la télévision n'arrangeait personne. Elle remarqua le regard de Rosewood. «Vous pouvez tout avoir, sauf ça», miaula-t-elle. Rosewood vira au rouge écrevisse.

«Pour moi, ce sera un scotch avec un peu d'eau, intervint Axel. Monsieur le Président prendra un Perrier, et mon collègue la même chose.

— Avec une tranche de citron», parvint à articuler Rosewood.

L'effeuilleuse avait terminé son numéro et, après s'être rhabillée de trois fois rien, elle vint elle aussi à leur table.

«Excusez-moi, dit-elle avec un léger accent frenchy, on m'a dit que l'un de vous avait été président des États-Unis.

— Oui, dit Axel en désignant Taggart. Lui.»

Taggart regarda le visage de la jeune femme, qui

était parfait, puis sa poitrine, parfaite aussi. Il croisa le regard amusé d'Axel.

«Je vous en prie, asseyez-vous, dit Axel à la strip-teaseuse. Bavardez donc avec le président. Dites-lui ce qu'il faudrait faire de toutes ces bombes nucléaires.»

La fille se glissa sur la banquette à côté de Taggart, tout à côté. «Je suis très honorée de faire votre connaissance, dit-elle d'une voix faite pour la conversation sur l'oreiller.

— Moi aussi», confessa Taggart. La douce chaleur de ce corps somptueux tout contre lui le remuait tellement qu'il se demanda s'il n'allait pas tourner de l'œil.

Axel détourna les yeux de ce spectacle pour s'intéresser à trois types — des gardes du corps, de toute évidence — qui venaient de prendre position près de la porte des toilettes pour hommes. Quelques secondes plus tard, une armoire à glace affublée d'une moustache fournie comme un balai-brosse ressortit des lavabos, et les trois gorilles manquèrent faire la révérence. Emboîtant le pas au grand moustachu, la petite troupe se dirigea vers la sortie.

Axel quitta la table et gagna le bar. Le barman lui tournait le dos. «Hé, dit-il, qui c'était le moustachu qui vient de partir? Qu'est-ce qu'il s'est collé sous le nez, une queue d'écureuil?»

Le barman se retourna. Il portait lui aussi un balai-brosse. «S'appelle Nikos Thomopolis, dit-il, aigre comme un cornichon grec. C'est le patron de la boîte.»

Axel considéra la moustache du bonhomme. «Vous avez une belle cravate», dit-il, et il regagna la table.

Taggart avait pris un mauvais départ avec son

effeuilleuse. Elle lui avait demandé si elle pouvait l'appeler Gerald, et il avait roucoulé, distrait :

« Appelez-moi John, John Taggart.

— Président Taggart ? demanda la fille, confuse.

— Non, le président, c'est Gerald, Gerald Ford », expliqua laborieusement Taggart.

La strip s'y perdait visiblement. Rosewood y alla de son aide redoutable. « Taggart, c'est le nom qu'il utilise maintenant. Vous savez, il est en instance de divorce, et c'est à Betty que le juge a accordé l'usage du nom Ford, à cause de la clinique Betty Ford.

— Je vois », dit la fille qui n'avait rien compris du tout.

Axel revint. « Est-ce que le nom de Thomopolis vous dit quelque chose à vous deux ? demanda-t-il tout bas à Taggart.

— C'est le plus gros marchand d'armes de la côte », répondit le président Taggart-Ford.

Axel regarda en direction de la porte par où avaient disparu le Grec et ses sbires. « Allez, dit-il, on s'en va. »

Comme ils gagnaient la sortie, le petit orchestre, qui jouait une version huile d'olive de *Michele, ma bêêêlle,* attaqua brusquement l'hymne national, où la mandoline se déchaîna, et Taggart sortit sous les applaudissements.

Il y avait du monde dehors. Certains partaient, d'autres attendaient que les larbins préposés aux voitures leur amènent leur Mercedes ; d'autres arrivaient.

« Gerald Ford est beaucoup plus vieux que moi, grommela Taggart. Vraiment, vous trouvez que je lui ressemble ?

— Ouais, ouais, affirma avec sérieux Rosewood. Surtout quand tu as le visage reposé. »

Axel essaya de repérer Thomopolis, mais le Grec

avait disparu. Il scruta l'allée qui conduisait à l'entrée du club et vit une voiture arriver. C'était la Camaro.

«Hé! une bagnole américaine fabriquée à De...»

La Camaro venait d'accélérer brusquement et elle pila dans un crissement de pneus à quelques mètres de l'entrée.

Axel vit la patate arriver. «Baissez-vous!» hurlat-il en se jetant lui-même au milieu des noctambules. Il parvint à faucher une bonne demi-douzaine d'élégants et de ravissantes, alors que les premiers projectiles crachés par le pistolet-mitrailleur de Jack May crépitaient méchamment contre la façade du bâtiment.

Les balles sifflaient de toutes parts. Les femmes criaient, et tout le monde piquait son plongeon sur le macadam.

Axel chercha refuge derrière une Mercedes. May ponctua sa course d'une rafale qui piqueta l'asphalte sur ses talons, le manquant de peu. La Mercedes en prit plein les vitres et les pneus.

Il y eut un instant de silence pendant que May se hâtait de changer de chargeur. Axel en profita. Il jaillit de son abri comme un diable de sa boîte et fit feu de son Browning. Les balles de 9 mm firent très mal à la Camaro. Le pare-brise vola en éclats, et Willie, qui était au volant, décida qu'il était temps de mettre les bouts. Juste au moment où Jack armait la culasse et jouait de nouveau les marteaux piqueurs, Willie accéléra si brutalement que la rafale se perdit dans la nuit californienne.

«Espèce de tordu! hurla May. Qu'est-ce que tu branles!

— J'me casse!»

La Camaro vrombit, cap sur la rue, et Axel lâcha un nouveau chargeur sur les fuyards. La lunette arrière vola en éclats. Quelques balles bien placées lacérèrent les pneus. Willie perdit un peu la tête, et beaucoup le contrôle de la voiture. La Camaro heurta l'aile d'une Bentley, rebondit sur la solide tôle anglaise, se paya une Jaguar et disparut dans le tournant en zigzaguant sans pudeur. L'instant d'après, il y eut un fracas qui annonçait un arrêt définitif.

«Taggart! Appelle une ambulance!» cria Axel par-dessus son épaule, avant de s'élancer dans la direction prise par la Camaro. Il était prêt à parier que les deux flingueurs n'étaient pas étrangers à la tentative d'homicide sur Bogomil. En outre, Axel n'aimait pas qu'on lui tire dessus comme un lapin.

La Camaro avait embrassé un poteau électrique. Les portières étaient ouvertes et les tireurs enfuis. Axel s'arrêta de courir. Il frappa du poing contre le toit de la voiture.

«Merde!»

*
* *

Quelques minutes plus tard, les abords du club 385 pullulaient de flics. Axel, le pied sur le pare-chocs d'une voiture de patrouille noire et blanche, observait Jim Williams, du service anthropométrique, qui relevait les indices à l'intérieur de la Camaro.

Il s'approcha de la voiture et ramassa la pochette d'allumettes que May avait balancée sur le tableau de bord. Il la tendit à Williams.

«Vous voulez vérifier s'il y a des empreintes?»

Williams le toisa d'un regard condescendant. «Écoutez, mon gars, vous ne voyez pas que je travaille?» Il renifla d'un air dédaigneux. «N'importe quel idiot sait qu'on ne peut pas relever d'empreintes digitales sur une pochette d'allumettes.»

Axel haussa les épaules. Il s'éloigna en enveloppant avec précaution la pochette dans un mouchoir, et il la glissa dans sa poche.

Taggart et Rosewood discutaient avec deux agents en uniforme. Le sergent ne semblait pas encore tout à fait remis de ses émotions. «Quand nous sommes arrivés, expliquait-il aux deux hommes, il n'y avait plus personne dans la voiture.» Il secoua la tête, stupéfait.

«C'est dingue, dit Rosewood, ils ont dû tirer une centaine de cartouches, et il n'y a eu qu'une femme de blessée, et encore par un éclat de verre! C'est...»

Il fut interrompu par le crissement des pneus d'une voiture qui venait de stopper net à leur hauteur. C'étaient Lutz et Biddle.

Lutz fonça droit sur Taggart, Rosewood et Axel. Les deux policiers en uniforme s'empressèrent de s'éclipser, appelés ailleurs par une tâche urgente.

«James! mugit Lutz, à l'adresse d'Axel. J'ai appelé le bureau du marshall, et ils n'ont jamais entendu parler de vous! Je veux savoir qui vous êtes et ce qui s'est passé ici. Et je veux le savoir tout de suite!» Ses cris couvraient tous les bruits à la ronde et toutes les têtes s'étaient tournées vers le petit groupe.

Axel sortit sa plaque de Detroit en soupirant.

«D'accord, dit-il d'un air résigné. Je ne vous l'avais pas dit parce que je savais que ça vous agacerait. Et je ne voulais pas vous causer la moindre contrariété.»

Lutz lui arracha la plaque des mains et l'examina. «Un flic? Vous êtes un flic, *vous*?»

Axel opina du bonnet. «Eh oui!»

Williams, le spécialiste anthropométrique, arriva. «Pas d'empreintes sur la Camaro, chef. La voiture a été déclarée volée il y a deux heures.

— Merci, Williams», dit Lutz, et il se retourna vers Axel.

«C'est une plaque de Detroit, ça. Qu'est-ce que vous foutez ici, à Beverly Hills?»

Le mensonge jaillit de la bouche d'Axel avec la spontanéité de la vérité. «Je fais partie d'une brigade spécialisée dans la répression du grand banditisme.»

Rosewood et Taggart durent se faire violence pour ne pas trahir leur stupeur. Le visage de Lutz s'empourpra de colère.

«C'est moi, le patron, ici, et s'il y a une... brigade spéciale dans mon secteur, je veux en être informé le premier, vous entendez?»

Axel hocha la tête d'un air chagriné. «Vous voyez, je savais que ça vous agacerait...

— Agacer?»

La voix d'Axel prit soudain un ton de froide assurance. «Ma mission est secrète, et j'ai pour ordre de ne la divulguer à personne.

— A personne, sauf moi!

— Désolé, chef Lutz, mais c'est non. Vous n'avez aucun droit de regard dans cette affaire.

— Faites attention à ce que vous dites, Foley!

— Écoutez, dit Axel, mon chef à Detroit est l'inspecteur Todd. Vous pouvez l'appeler et il vous confirmera ma mission. Il sera à son bureau demain matin entre neuf et dix, heure de Detroit. Je regrette mais c'est tout ce que je peux vous dire.»

Lutz écumait de rage. «Je l'appellerai, ça, je vous garantis que je l'appellerai! gronda-t-il.

— Parfait. Comme ça, les choses seront claires.» Sur ces paroles, Axel s'éloigna, comme s'il jugeait l'entretien terminé.

Lutz se retourna aussi sec contre Rosewood et Taggart.

«Et vous deux, vous faites quoi, ici? Vous relevez les parcmètres?

— Ma foi, chef... » commença Taggart. Malgré son désir de garder sa place, le sergent, avait une tendance alarmante à dire la vérité, rien que la vérité. Rosewood n'allait pas le laisser se suicider comme ça. Axel lui avait appris d'autres procédés.

«On rentrait à la brigade, chef, s'empressa-t-il d'intervenir, quand on a entendu l'ordre donné à toutes les unités d'arriver ici en quatrième vitesse. Et on a été les premiers sur les lieux, chef.»

Lutz avait envie de mordre quelque chose. C'était lui-même qui avait donné cet ordre. «Si je vous trouve encore une fois ailleurs que dans la rue à régler la circulation, je vous vire! Compris?»

Un journaliste, qui avait pu se faufiler à travers le cordon de sécurité, arriva en courant.

«Chef Lutz, pouvez-vous nous confirmer qu'il y eu ici même une tentative d'assassinat sur la personne de l'ex-président Gerald Ford?

— Euh... Billy, dit Taggart, faut qu'on y aille...»

Lutz considéra le journaliste d'un air ébahi.

«Qu'est-ce que vous dites?» hurla-t-il.

A nous deux, Beverly Hills.

Bruyants, ces casseurs…

« Non, mais vous savez pas lire? »

« Tu fais ce que je te dis, chéri. Compris? »

La Mort était en tailleur noir...

« Relax, les mecs, y'a du Perrier plein le frigo. »

« Prends ta Ferrari, et tire-toi... »

« Faites-moi confiance, chef Lutz... »

« Qui c'est le moustachu qui vient de sortir ? »

« Une championne, cette Karla… »

En route vers la bavure… en ciment !

Réunion au sommet

« *Allez, les mecs, arrêtez de flipper !* »

Départ du marathon…

« Vous me reconnaissez pas ? »

Raté !

En chasse !

C'est pas du bidon!

« Attends voir, mon salaud! »

« Vous me prenez

pour un crétin ? »

Ça va faire mal !

*Des balles, comme s'il en pleuvait.
Un petit coin de parapluie…*

8

Le concerto pour flûte et harpe jouait doucement dans le modeste logement de Rosewood. En pénétrant dans l'appartement, Axel, lui, n'avait qu'une idée en tête :

«Billy, tu es sûr que tu as de la superglu?

— Oui, Axel, j'en suis sûr.»

Le salon était envahi de plantes vertes. Il y en avait partout : au-dessus des fenêtres, devant les fenêtres, sous les fenêtres, dans les coins, au milieu de la pièce. On se serait cru dans une serre.

«Hé! Tarzan, c'est pas une garçonnière, c'est une jungle!» s'exclama Axel.

Taggart, qui n'aimait pas les plantes, tentait vainement d'éviter leur contact.

«Ce sont mes amies, Axel, répondit Billy en effleurant une jolie fougère aux frondes graciles. Voici

Mona...» Il en toucha une autre, amoureusement. «Ça, c'est Charlie, le Juif Errant. Marcel, une aracée. Et là, c'est Ben, de la famille des ficus.»

Axel regarda Rosewood avec attention, se demandant si le détective n'était pas en train de devenir fou, là, sous ses yeux. Mais Billy avait l'air extrêmement sérieux.

«Et près de la fenêtre, c'est Elaine, Bobby et le petit Max, des broméliacées.

— Je suppose que c'est Marcel qui a branché la stéréo? demanda Axel.

— Non, répondit Billy, c'est moi. Il y a toujours de la musique. En fait, ils ont des goûts différents. Les bégonias prennent leur pied avec les Beatles, mais si tu leur joues du Beethoven, ils se ferment comme des huîtres. Les fougères adorent le reggae. Il n'y a que Mozart qui fasse l'unanimité.»

Billy baissa le volume de la stéréo, et Axel s'accroupit pour observer un terrarium qui abritait une tortue.

«Ah! lui, c'est le Grand Ben, dit Billy.

— Laisse-moi deviner... il aime James Brown?

— Il y a six ans que je l'ai, dit Billy. C'est quelque chose, hein?

— C'est un pur-sang, ça se voit», fit Axel. Il enleva le couvercle du terrarium, sortit le Grand Ben et le posa sans cérémonie sur la moquette.

«Laissons-le se dégourdir les pattes. Où est la superglu?»

Rosewood ramassa délicatement la tortue et, la tenant dans ses bras comme il l'eût fait d'un bébé, s'en fut chercher la colle.

Taggart et Axel se regardèrent en se retenant de pouffer de rire, mais reprirent aussitôt leur sérieux quand Billy revint avec un minuscule tube de colle.

«Génial», apprécia Axel. Il dévissa le tube et le

vida dans le terrarium sous le regard inquiet de Billy. Puis, il tira son mouchoir de sa poche, l'ouvrit, prit avec précaution la pochette d'allumettes, l'ouvrit et la déplia pour la poser dans la terre tout à côté de la flaque de colle.

«Tu vas me pourrir l'habitat du Grand Ben, gémit Rosewood.

— Mais non, mais non, le rassura Axel. Où est le téléphone, Billy? Dans la fosse aux alligators?»

Billy désigna le couloir. «Dans ma chambre.»

Sur les murs de la chambre, à moitié dissimulés par les plantes, s'étalaient des posters géants de Clint Eastwood. Sur le lit trônaient deux énormes cochons en peluche vêtus d'uniformes de la police. Axel se frotta les yeux. «Bon Dieu, Billy, c'est pas vrai!» murmura-t-il.

Il s'assit au bord du lit et composa un numéro. Il attendit longtemps avant d'obtenir une réponse.

«Jeffrey, c'est Axel. Ouais, ouais, je sais quelle heure il est à Detroit.»

Jeffrey dormait profondément quand le téléphone avait sonné, mais son moulin à paroles démarra au quart de tour. Axel lui accorda une minute, montre en main.

«Beverly a fait quoi? Dans la Ferrari? Avec le levier de vitesses?» Axel se frappa le front. Il avait engendré un monstre. «Jeffrey, stop. STOP! Il faut que tu fasses quelques chose pour moi. Écoute-moi, nom de Dieu! Tu as cette putain de bagnole parce que je te l'ai prêtée, et sans elle tu n'aurais jamais eu Beverly. Et si tu veux les garder toutes les deux, il faut que tu fasses ce que je vais te dire. Maintenant, écoute...»

Taggart s'était laissé convaincre de prendre un siège. Il était assis, mal à l'aise, entre un grand caoutchouc et une fougère qui lui chatouillait les narines.

Axel réapparut et alla droit au terrarium. «Il y aura un appel à Detroit sur ton relevé de téléphone, Billy. Tu m'enverras la note, d'accord?» Axel sortit la pochette de la cage de verre du terrarium. Il la déplia et sourit.

«Ça a marché!» s'exclama-t-il, triomphant.

Les deux détectives examinèrent la pochette d'allumettes. Une belle empreinte digitale se dessinait sur le carton.

«Comment tu as fait ça? demanda Taggart, éberlué.

— Les émanations de la colle imprègnent l'acide laissé par l'empreinte du doigt, répondit Axel. C'est un truc que connaissent certains vieux renards de la Criminelle. Trop empirique pour un prétentieux comme votre... comment s'appelle-t-il... ah oui, Jim Williams! Eh bien, il ne reste plus qu'à chercher à qui elle appartient.»

Rosewood regarda Taggart qui s'intéressa subitement à une feuille de caoutchouc. «On pourrait utiliser l'ordinateur du Q. G.», suggéra-t-il.

Taggart secoua vigoureusement la tête, mais Axel approuva avec un grand sourire.

«Il n'y a sûrement personne à cette heure», plaida Rosewood.

Taggart s'avachit davantage dans son fauteuil. «Adieu ma sécu», murmura-t-il, résigné.

Il n'y avait pas un chat dans la salle des ordinateurs du Q. G. de la police. Rosewood passa aussitôt à l'action. Il glissa l'empreinte sous un laser couplé à un ordinateur-analyseur d'empreintes, s'assit devant un clavier et tapa quelques instructions.

«Bon Dieu, vous êtes drôlement calés, les gars, dit Axel, sincèrement admiratif. A Detroit, on en est encore à l'âge des cavernes, comparés à vous.»

La machine considéra silencieusement le problème. En quelques secondes, elle transmit l'empreinte au service anthropométrique de la capitale de l'État — Sacramento — et enregistra la réponse. Une languette de papier tomba dans un plateau.

Axel la ramassa. Elle portait un nom, un signalement, un numéro de permis de conduire, un extrait du casier judiciaire, la dernière adresse connue et le lieu de travail. Il y avait même une impression photographique du suspect. Axel sourit en examinant le portrait en pointillé.

«Hé-hé, mais je connais ce type!» s'exclama-t-il.

Rosewood regarda par dessus l'épaule d'Axel. «Qui c'est?

— Le directeur du Club de Tir de Beverly Hills.

— Qu'est-ce que dit la fiche? demanda Taggart.

— Elle dit que son nom est Charles Campos. C'est un nom qu'il ne doit pas aimer, parce qu'il s'est présenté à moi comme étant Charles "Chip" Cain.

— C'est pas un délit, ça», fit observer Taggart.

Axel considéra l'extrait de casier judiciaire qui faisait état d'une condamnation pour vol à main armée.

«C'est curieux, ce type m'a davantage fait l'effet d'un escroc que d'un braqueur.

— La machine ne ment pas, dit Rosewood.

— Oui, je sais, mais il n'y a rien sur cette fiche qui justifie l'élimination d'un flic. Si Andrew soupçonnait ce type, il aurait pu le ramasser où et quand il le voulait... » Il regarda Rosewood et Taggart. « C'est quand même une pièce de posée dans le puzzle, les gars.

— On pourrait peut-être l'appréhender, ce Cain, suggéra Billy, jamais à court d'idées courtes, et essayer d'en tirer quelque chose.

— Tu es fou ? dit Axel. On ne va pas risquer de les alerter alors qu'on n'a qu'une misérable empreinte dans le dossier. On ne pourrait même pas prouver qu'il était dans la voiture. Non, il nous faut trouver autre chose. Et nous n'avons pas beaucoup de temps.

— Alors qu'est-ce qu'on va faire ? » demanda Rosewood, perplexe.

Axel prit un air bizarre, et une étrange lueur dansa dans ses yeux. Taggart frissonna. Il ne savait pas à quoi Axel pouvait bien penser, mais ça lui donnait d'avance des boutons.

« Il est temps de passer à l'action, les mecs ! » déclara Axel en se renversant sur son siège, un sourire épanoui aux lèvres.

*
* *

Ils se garèrent dans une rue tranquille, non loin du Club de Tir de Beverly Hills. Il était près de deux heures du matin, et le quartier était désert. Aucune lumière ne brillait dans les bâtiments du club.

« Pas de gardien, remarqua Taggart. Pas de vigile non plus. Il y a bien une sécurité quelque part.

— Il y en a une », dit Axel. Il descendit de voiture et s'approcha du mur bas qui clôturait la propriété. Il sortit de sa poche deux tablettes de chewing-gum, défit les emballages de papier d'aluminium qu'il fourra dans sa poche et se mit à mastiquer la gomme tandis que Rosewood et Taggart le rejoignaient.

«Tu as l'intention d'entrer, Axel?» demanda Taggart.

Axel hocha affirmativement la tête tout en continuant d'observer le bâtiment principal du club.

«C'est totalement illégal, siffla Taggart. Si tu poses le pied de l'autre côté de ce mur, tu te rends coupable de violation de propriété privée.

— Et ceux qui ont descendu Andrew, ils sont coupables de quoi, d'après toi?»

Rosewood intervint. «Je suis avec toi, Axel», dit-il, secrètement excité par l'aventure.

La remarque au sujet de Bogomil avait touché au but. «Tu as raison, dit Taggart. On y va tous.»

Axel leur désigna le toit. Dans la pénombre, on pouvait distinguer la courbe d'un disque large comme un frisbee et qui contenait son poids de micro-processeurs. «C'est quoi, cet engin? demanda Taggart.

— C'est la sécurité, répondit Axel. Et ça veut dire que ce bâtiment est tellement bien protégé qu'ils n'ont pas besoin de gardes.

— Super, dit Taggart.

— Nous avons besoin d'une chose, sergent, avant de commettre cet horrible forfait.

— Ouais, un bon avocat.

— Non, dit Axel, un cigare. Tu as un cigare?

— Oui, répondit Taggart, j'en ai toute une boîte.

— Parfait, dit Axel. Alors on y va.»

Ils franchirent le mur et se laissèrent retomber sans bruit sur la pelouse, de l'autre côté, puis ils gagnèrent rapidement l'arrière du bâtiment. Axel s'arrêta devant une fenêtre à guillotine au rez-de-chaussée, et se hissa sur le rebord extérieur. Avec la lampe électrique dont s'était muni Billy, il examina la crémone en demi-lune qui fermait le battant inférieur de la fenêtre.

«Il y a une alarme sur toute la partie vitrée, murmura Taggart.

— Oui, je l'ai vue», dit Axel. Il ouvrit son canif et inséra la lame entre l'encadrement et le battant pour faire pression sur la crémone jusqu'à ce que celle-ci se relève en position ouverte. Rosewood l'observait avec fascination.

«Où diable as-tu appris ça? demanda Taggart.

— Je ne suis pas né flic, Taggart. Il m'est arrivé de transgresser une loi ou deux quand j'étais gosse.»

Rosewood sourit.

Axel sortit les emballages de chewing-gum de sa poche, en enveloppa la lame du canif et inséra de nouveau celle-ci entre les deux montants de la fenêtre.

«Qu'est-ce que tu fais, maintenant? demanda Taggart.

— L'alarme de la vitre est reliée à deux aimants, expliqua Axel. Si on ouvre la fenêtre, on interrompt le contact entre les aimants, et ça déclenche l'alarme. Il faut donc les tromper, ces aimants, leur faire croire qu'ils sont toujours en contact.» Quand il eut enfoncé les deux petites feuilles d'aluminium entre les deux minces plaques aimantées, il souleva lentement le battant inférieur de deux ou trois centimètres. L'aluminium adhérait à l'un des deux aimants, et Axel renforça l'adhésion avec la gomme. Puis il souleva entièrement le battant et se tourna vers Rosewood et Taggart en souriant de toutes ses dents. «Pas d'applaudissements, messieurs, je n'ai fait que mon travail.»

Rosewood s'apprêtait déjà à passer par l'ouverture quand Axel le retint par le bras. «Pas si vite, Billy.»

Il désigna le coin de la pièce. Un point rouge luisait dans l'obscurité.

«Il y a toute une grille de rayons infrarouges là-dedans. Si jamais on en coupe un, l'alarme se déclenche. Taggart, c'est le moment de sortir tes cigares.»

Taggart tira l'un de ses manilles de la pochette de son veston et le colla dans sa bouche. Axel lui donna du feu.

«Et maintenant, souffle autant de fumée que tu peux dans la pièce.»

Taggart fit comme on lui disait et, lentement, très lentement, la fumée s'étendit au ras du sol, matérialisant une dizaine de rayons lumineux qui sillonnaient toute la superficie comme des rails de chemin de fer.

Taggart retira le cigare de sa bouche et se massa le bras gauche. «Putain... mon cœur ne supporte plus des efforts pareils, Foley.

— On peut y aller, maintenant, dit Axel. Mais enjambez-moi correctement ces rayons, les gars, sinon c'est foutu. Taggart, passe le premier, et continue de faire de la fumée.»

Taggart ouvrit le chemin, soufflant comme une locomotive d'odorants nuages de fumée, et tous trois enjambèrent les traits de lumière rouge jusqu'à ce qu'ils parviennent dans un couloir, lui aussi équipé d'un émetteur de rayons infrarouges.

Axel, qui se rappelait avoir vu Karla Fry prendre un ascenseur, se dit que les bureaux devaient se trouver à l'étage.

Ils parvinrent enfin au pied d'un escalier. A partir de là, la voie semblait libre de pièges. Quelques secondes plus tard, ils s'arrêtèrent devant une porte avec une plaque de cuivre gravée au nom de «M. Cain». Axel essaya la poignée. Fermée. Il eut tôt fait de l'ouvrir avec sa carte de crédit.

Il scruta la pièce. Aucun système de sécurité en

vue. Ils se glissèrent à l'intérieur et refermèrent la porte.

«Tu peux jeter ton cigare, maintenant, Taggart.»

Taggart ôta le cigare de sa bouche et respira profondément.

«J'crois que j'ai découvert une méthode pour m'arrêter de fumer, marmonna-t-il.

— Attends qu'on ait fait le voyage de retour pour ça», dit Axel.

Rosewood balaya le bureau du faisceau de sa lampe. «Qu'est-ce qu'on cherche? demanda-t-il.

— Une aiguille dans une meule de foin, j'en ai peur», répondit Axel.

Ils entreprirent d'ouvrir les armoires à classeurs, feuilletèrent des listes de membres, d'armes, de matériel. Axel s'attaqua aux tiroirs du bureau : paperasses dans l'un, dossiers sans intérêt dans l'autre... L'un des tiroirs était fermé à clé.

«Hé, Billy, éclaire-moi, s'il te plaît.»

Rosewood braqua sa lampe sur le tiroir, et Axel déplia son canif. Il ne réussit qu'à briser la lame en deux à la première tentative.

«Merde!» grogna-t-il. Il chercha sur le bureau un coupe-papier ou quelque chose d'approchant.

Soudain, avec un geste confondant d'aisance, Rosewood plongea la main dans sa poche pour en tirer un cran d'arrêt dont la lame était aussi longue qu'une machette et aussi fine qu'un stylet. Taggart en hoqueta de surprise.

«Où t'as trouvé ça? demanda-t-il.

— Mexico, répondit Billy, grave comme un chanoine. Ça me rassure quand je vais faire un tour dans la rue, le soir, avec le Grand Ben.

— Ouais, dit Axel, les gens se saignent comme des

porcs à tous les coins de rue de Beverly, n'est-ce pas, Taggart?»

Avec l'arme de Billy, Axel ne mit que cinq secondes à ouvrir le tiroir. A l'intérieur, ils trouvèrent du courrier du club, des formulaires d'inscription, et un petit mémento à feuilles détachables sur lequel était griffonné un message laconique :

Lat. 34 degrés 21 mn 510 ouest

Long. 118 degrés 3 mn

9-10 10 h 30

Véh. 1 cam. 1 van 4 mn

Ils considérèrent le message avec perplexité.

«On dirait les coordonnées de l'endroit où il a amarré son yacht, suggéra Taggart.

— Sûrement, fit Axel, sarcastique, et de là il peut prendre soit un camion soit un van pour se rendre à terre. Moi, j'ai plutôt l'impression qu'on a trouvé l'aiguille dans la meule.»

Axel arracha la page du pense-bête et la fourra dans la poche arrière de son blue-jean.

«Tu crois qu'on va pouvoir l'épingler, ce Caïn? demanda Taggart.

— Peut-être, mais n'oublions pas que notre petite trouvaille est le fruit d'un cambriolage. Pas un seul juge d'instruction n'en voudra.

— Écoute, filons d'ici, on discutera de tout ça dehors», proposa Taggart.

— Bonne idée, dit Axel. Remets-toi à la fumée.»

Quand le personnel d'entretien arriva le lendemain matin, personne ne s'étonna de trouver des cendres de cigare un peu partout dans le couloir et à l'étage. Ces gens riches, ça ne pensait jamais à utiliser les cendriers.

9

Il était quatre heures du matin quand Axel avait appelé Detroit. Le coup de fil avait complètement réveillé Jeffrey. Il regarda la rue sombre par sa fenêtre. Il n'avait pas envie de se recoucher et d'attendre le jour, et décida d'aller faire un tour avec la Ferrari.

Trois heures plus tard, Jeffrey avait fait la tournée de tous les bars de nuit qu'il connaissait et il avait ramassé deux blondes qui lui avaient fait découvrir deux boîtes qui lui étaient encore inconnues. C'était sa deuxième folle nuit Ferrari, et Jeffrey se surprit à espérer que son vieux copain Foley ne revienne jamais.

La Ferrari pila des quatre gommes à côté d'une cabine téléphonique. Jeffrey vérifia l'heure. Sept heures. Malgré sa virée tardive, il n'avait pas oublié les instructions d'Axel. Il descendit de voiture et s'enferma dans la cabine. Il composa un numéro et attendit en envoyant des baisers aux deux blondasses.

Quand son correspondant décrocha, Jeffrey fit de son mieux pour déguiser sa voix en priant le Ciel que Todd ne le reconnût pas.

«Allô, je suis bien chez l'inspecteur Todd de la police de Detroit?» Todd répondit qu'en effet. «Désolé de vous déranger à cette heure matinale, inspecteur. Je m'appelle...» Jeffrey paniqua. Comment s'appelait-il? Il savait pour qui il devait se faire passer, mais il n'avait pas pensé à se trouver un nom. Il regarda désespérément la rue. En face de lui, le magasin Lionel exhibait dans sa vitrine des trains électriques à faire rêver petits et grands... «Lionel», dit enfin Jeffrey.

«Lionel qui?» demanda Todd. Il n'avait pris qu'une seule tasse de café, et il était sous la douche quand ce satané téléphone avait sonné. A présent, il se trouvait dans le couloir, enveloppé dans une serviette de bain, trempant la moquette.

Jeffrey étreignit le fil du téléphone en quête d'inspiration. Le fil!

«Lionel Fil! répondit-il. Je travaille au *Bulletin Mensuel du FBI*. Vous connaissez peut-être cette publication?»

Todd dit que oui, qu'il en était un lecteur fervent, tout en nourrissant des pensées meurtrières à l'égard de ce Lionel Fil. Il n'y avait qu'un Fédé pour vous appeler chez vous à sept heures du matin!

«Bref, continua Jeffrey, le directeur m'a chargé d'interviewer un officier de police dont les méthodes et les résultats pourraient servir d'exemple et, après enquête, c'est votre nom qui est ressorti.

— Ah! oui?» Todd était assez surpris. Il se savait

bon flic, mais de là à servir d'exemple dans la profession...

« Je sais que je vous prends un peu de court, poursuivit Jeffrey, mais accepteriez-vous de déjeuner avec moi à neuf heures, ce matin, dans mon bureau, au siège fédéral ? »

Todd répondit que oui, volontiers. Sa voix vibrait d'un contentement certain.

Jeffrey raccrocha en soupirant. Il s'adossa à la paroi vitrée de la cabine.

« Où est-ce qu'on va maintenant, Jeffie chéri ? demanda l'une des blondes.

— Au turbin », répondit Jeffrey, un nœud dans l'estomac.

*
* *

Lutz avait dû se lever plus tôt que d'habitude pour téléphoner entre neuf et dix heures au dénommé Todd, à Detroit. Il lui tardait d'apprendre ce que fichait ce flic de Detroit dans son secteur. Mais avant de passer ce coup de fil, il allait prendre un café et grignoter un beignet.

A Detroit, Jeffrey avait réussi à éloigner Todd pendant une demi-heure au maximum. L'inspecteur ne tarderait pas à apprendre qu'il n'y avait pas de Lionel Fil au siège du FBI. Jeffrey connaissait Todd. Celui-ci foncerait dare-dare à la brigade avec des envies de meurtre.

Jeffrey hasarda un coup d'œil dans le bureau de Todd. Personne. Il entra et renversa une pile de chemises posées sur un radiateur. Il se baissa et, avec une infinie lenteur, entreprit de ramasser les papiers éparpillés en coulant de temps à autre des regards inquiets vers le téléphone.

A neuf heures vingt, Jeffrey commença à transpirer. Il en était au nettoyage des cendriers et des saletés sur la moquette. N'importe quoi pour avoir l'air occupé.

Il suppliait pour la centième fois le téléphone de sonner quand il entendit un bruit qui le fit frissonner. La porte de la brigade s'ouvrit à la volée et la voix de Todd beugla :

«Quel est l'enfant de putain qui m'a joué ce tour de con?»

Il était temps de filer, pensa Jeffrey. Adieu Axel, adieu Ferrari, adieu les filles... Il avait déjà la main sur la poignée de la porte quand le téléphone sonna enfin. Jeffrey plongea sur l'appareil et il s'accroupit à côté du bureau de Todd.

«Todd!» jappa-t-il le plus doucement possible dans le combiné.

«Inspecteur Todd? demanda Lutz.

— C'est ce que j'ai dit, non? marmonna méchamment Jeffrey.

— Ici Harold Lutz, dit Lutz, légèrement décontenancé. Je dirige la brigade criminelle de Beverly Hills.

— Oui, et alors? dit Jeffrey, regrettant d'avoir si peu de temps devant lui pour jouer le rôle de Todd avec toute la délicatesse qui caractérisait le personnage.

— Avez-vous un officier du nom d'Axel Foley sous vos ordres?

— Ouais, pourquoi? Il est mort?

— Non, dit Lutz, regrettant qu'il ne le fût pas.

— Dommage, dit Jeffrey, se lançant dans sa tirade avec une vélocité de camelot. Ouais, il est sous mes ordres, mais, pour le moment, il est affecté à je ne

sais quelle croisade fédérale contre le grand banditisme, et ça me fout en rogne de ne jamais savoir ce
qu'il branle ni où il est, parce que cet enfant de salaud
fait ses rapports directement à ces tordus de Fédés.
Voilà, c'est tout ce que j'ai à vous dire de cet enfoiré.
Au revoir.»

Jeffrey raccrocha et resta accroupi. Todd l'observait
depuis la porte, et le regard de l'inspecteur manquait
totalement d'amabilité. «Qu'est-ce que vous foutez
dans mon bureau?» aboya-t-il.

Les yeux de Jeffrey semblaient rivés sur le plancher.

«Je passais dans le couloir quand j'ai cru voir un
rat sous votre bureau, chef.

— Friedman, foutez-moi le camp, vous voulez
bien?»

*
* *

Dans la salle de conférences de la brigade de
Beverly Hills, une salle qui ressemblait davantage
à la bibliothèque d'un collège rupin qu'à ces pièces
misérablement meublées où s'entassaient d'ordinaire
les flics appelés en réunion de service, Rosewood projetait sur un écran les plans des différents quartiers
de la ville, tandis qu'Axel cherchait une correspon-
dance entre les coordonnées trouvées dans le bureau
de Cain et le dédale des rues.

«Il faut trouver le point d'intersection de ces coordonnées, répéta Axel.

— Tu penses qu'elles correspondent à une adresse?
demanda Rosewood.

— Fais marcher ta matière grise, Billy. La première
chose que j'ai faite en arrivant ici, c'est d'aller dans ce

112

club de tir et de poser quelques questions. Quelques heures plus tard, quelqu'un a essayé de me descendre. Puis on trouve les empreintes digitales de Cain et elles nous conduisent à ces coordonnées.

— Tu soupçonnes Cain de faire partie du gang de l'Alphabet?

— Ce n'est qu'une supposition, dit Axel, les yeux rivés sur le plan de la ville. Ce que je veux, c'est me trouver sur les lieux du prochain hold-up. On verra bien à ce moment-là.»

Soudain, les coordonnées coïncidèrent avec l'une des artères sur le plan de la ville.

«341 Gregory Way, ça vous dit quelque chose, les gars?»

Rosewood ouvrit de grands yeux.

«Mais c'est la Caisse-Dépôt!

— La Caisse-Dépôt? C'est quoi, ça? demanda Axel.

— Une réserve bancaire fédérale, répondit Taggart. C'est là que les banques entreposent leur argent. La banque des banques, si tu préfères.

— Eh bien, c'est la prochaine cible du gang.

— Personne ne peut braquer le Dépôt, affirma Taggart. Il est imprenable.»

Axel regarda la pendule sur le mur. Il était dix heures vingt-deux. Il sursauta.

«On est bien le 10 aujourd'hui?

— Ouais, répondit Rosewood.

— Eh bien, s'il doit y avoir un braquage au Dépôt, nous avons cinq minutes pour intervenir. On ferait bien de se grouiller!»

*
* *

Le Dépôt était une bâtisse carrée en béton armé, d'un seul niveau, espèce de bunker planté au milieu d'un immense parking. Impossible d'en approcher sans être vu à cent mètres à la ronde. Le bâtiment et tous les véhicules de service avaient été conçus dans un souci de sécurité maximale. Taggart n'était pas le seul à penser que le Dépôt était imprenable. Toute la population criminelle de la Californie du Sud partageait la même opinion. Aussi, en dépit des dizaines de millions de bons dollars usagés qui entraient par camions entiers dans la réserve bancaire, personne n'avait jamais pensé à l'attaquer. Jusqu'à ce 10 septembre.

Il était bientôt l'heure où les camions en provenance de toutes les succursales de banques du grand Los Angeles convergeaient vers le 341 Gregory Way, pour déverser des millions de dollars dans ce bâtiment qui n'était en fait qu'un gigantesque coffre-fort.

Un chauffeur du Dépôt, un costaud tatoué du nom de Mendoza, se présenta avec son véhicule blindé devant l'accès principal : une double porte en acier trempé. Sur le tableau de bord de chaque camion il y avait un cadran à touches digitales, comme celui d'un téléphone. Chaque véhicule avait son propre code d'accès, et Mendoza composa le sien. Le code fut transmis à l'ordinateur qui contrôlait les portes. Aussitôt, les deux battants de dix-huit centimètres d'épaisseur coulissèrent sur leurs rails. Mendoza enclencha la première et pénétra dans l'aire de déchargement, pour aller se ranger en marche arrière sur un emplacement numéroté du quai.

Il descendit de la cabine et frappa le flanc du camion de sa batte de base-ball pour faire savoir à son collègue qu'ils étaient arrivés. La porte arrière du véhicule s'ouvrit, et Bobby, le collègue de Mendoza, sortit sur le quai de déchargement. Il regarda par l'immense baie en verre blindé la salle de comptage. Il y avait là une dizaine de personnes en tabliers de cuir qui comptaient, triaient et entassaient sur de grands comptoirs métalliques les sacs remplis de billets verts.

Mendoza alla jusqu'à la porte de la salle et composa un numéro sur le tableau de commande d'ouverture de la porte. Celle-ci s'ouvrit. Derrière Mendoza, Bobby avait déjà en main le premier des nombreux sacs qu'il devait décharger.

Deux gardes armés observaient d'un air indifférent et las les cascades de billets se déverser sur les comptoirs.

Dehors, un autre véhicule blindé arriva sur le parking ceinturant le bâtiment. Mais au lieu de se présenter aux portes, il se rangea le long du mur de béton. La portière coulissa du côté du mur, et Karla, en combinaison de cuir noir, un 357 à la hanche, sauta sur le goudron. Une cagoule de ski lui masquait le visage. Un homme vêtu de la même façon qu'elle descendit du camion en tirant derrière lui un grand et lourd cerceau de métal. Un troisième homme, lui aussi en noir, vint l'aider à fixer le cerceau contre le mur au moyen d'un adhésif en fibres métalliques.

Au même moment, un van marron glacé vint se ranger à la suite du fourgon blindé. Karla et sa bande ne pouvaient être vus de la rue. Le chauffeur du van abaissa une cagoule sur son visage et resta au volant, surveillant la circulation dans Gregory Way.

A l'aide de câbles, Karla relia le cerceau à un détonateur. Quand elle appuierait sur le bouton, le cerceau serait instantanément porté à incandescence avant d'exploser, pratiquant un trou dans le mur de béton.

De l'extérieur, la détonation ne ferait pas plus de bruit que l'éclatement d'un sac en papier. A l'intérieur du bunker, le bruit serait assourdissant.

Quand elle eut fixé les câbles, Karla fit un signe de tête aux deux hommes. Ils s'introduisirent de petits tampons de caoutchouc dans les oreilles et s'éloignèrent du mur. Karla s'agenouilla à côté du détonateur.

A l'intérieur, Bobby portait un autre sac d'argent dans la salle de comptage.

« Tu ferais mieux d'activer lui dit Mendoza, avant que le gang de l'Alphabet te tombe sur le poil. »

Bobby désigna le mur. « Ah ! ouais ? et comment qu'ils feraient ? En passant à travers un putain de mètre en béton ? »

Juste à ce moment, le mur explosa avec un bruit de tonnerre qui roula dans la salle, et un trou circulaire apparut à l'endroit même qu'avait désigné Bobby. Mendoza, Bobby et tous les autres furent projetés à terre. Des morceaux de béton fendirent l'air, rebondissant sur la vitre à l'épreuve des balles de la salle de comptage.

Mendoza n'en croyait pas ses yeux. La lumière du dehors pénétrait maintenant dans la salle envahie d'un épais nuage de poussière.

Du trou, surgirent, tels des extra-terrestres, trois silhouettes vêtues de noir. L'une d'elles jeta quelque chose qui explosa dans un fracas à vous faire péter les tympans. Mendoza pensa qu'il était mort, mais il n'était que sonné et momentanément sourd. Karla avait balancé une grenade offensive M-180, et l'onde de choc avait mis tout le monde K.O. assez longtemps pour leur permettre de rafler tout l'argent qu'ils voulaient sans personne dans leurs jambes.

Karla déclencha son chronomètre.

« Quatre minutes ! » cria-t-elle.

Les deux autres foncèrent dans la salle de comptage et commencèrent à porter les sacs deux par deux jusqu'au trou béant dans le mur.

*
* *

A fond la caisse, sirène hurlante, Axel, Taggart et Rosewood remontaient Wilshire dans la Plymouth verte. Ils brûlèrent un feu rouge au carrefour de Doheny. Axel, malmené sur la banquette arrière, avait l'impression d'être à l'intérieur d'un shaker secoué par un barman épileptique. Billy, au volant, regardait droit devant lui, le cœur battant. Il fallait bien reconnaître qu'avec Axel la vie était bigrement plus excitante.

«J'appelle Unité 21! hurlait Taggart dans le micro de la radio de bord. Unité 22! Unité 211! Intervention de toute urgence à la Caisse-Dépôt! Je répète Caisse-Dépôt, 341 Gregory Way!»

Il raccrocha et coupa leur sirène. A la vitesse où Rosewood conduisait, ils seraient sur les lieux dans quelques minutes.

Du moins le pensait-il. Billy vira sur deux roues dans Gregory Way... et il dut presque se mettre debout sur la pédale de freins pour arrêter la voiture avant qu'elle n'emboutisse le véhicule arrêté devant eux.

«Bon Dieu! hurla-t-il. Un bouchon!»

Il passa la tête par la portière et regarda la longue file de voitures qui bloquait l'artère en sens unique sur toute sa largeur. «Un chantier!» gémit-il. Il cogna du poing sur le volant qui ne lui avait rien fait.

«Le Dépôt est encore loin? demanda Axel.

— A vingt ou trente blocs», répondit Taggart.

Sans se consulter, tous les trois sautèrent de la voiture et s'élancèrent au pas de course. Très vite, Axel et Billy distancèrent Taggart.

« Il a le cœur fatigué ! cria Billy.

— Ouais, dit Axel, je sais. »

Tout en courant, Axel jeta un coup d'œil à Rosewood et il remarqua une énorme bosse sous le veston de Billy, à l'endroit où celui-ci portait son arme.

« Billy, qu'est-ce que t'as sous ta veste ? Ton casse-croûte ? »

Rosewood sourit et écarta le pan de son vêtement. Dans sa gaine spéciale luisait un 44 magnum avec un canon aussi long qu'une trompe d'éléphant.

« Après cette fusillade chez le Grec, dit-il, j'ai pensé qu'il était temps de sortir l'artillerie lourde.

— Bon Dieu, Billy, pour qui tu te prends ? Il faut qu'on parle, toi et moi. Je veux dire, qu'on parle *sérieusement.* »

Ils passèrent un autre bloc d'immeubles en fonçant toujours comme des dératés, puis Axel regarda sa montre et ralentit.

« On n'y arrivera jamais, dit-il, hors d'haleine. Faut qu'on trouve quelque chose qui roule. »

Rosewood lui aussi soufflait. Il essuya la sueur de son front. « Prends par là, dit-il en désignant une rue qui courait parallèlement à Gregory Way. Moi, je prends celle de l'autre côté. On se retrouve au prochain carrefour. »

*
* *

Mendoza ne savait pas pourquoi il se relevait. Il était sonné, il était sourd, il avait mal partout, peut-être voulait-il seulement sortir de cet enfer de bruit et de poussière. Quand Karla le savata durement en pleine poire, il décida de rester là où il était jusqu'à ce qu'on le foute dehors.

«Trois minutes!» hurla Karla. Elle tira de sa combinaison une enveloppe marquée des lettres C et D, qui contenait le dernier message chiffré, et la déposa sur un bureau.

De l'autre côté du trou, ses complices s'activaient. Dès qu'un sac était déposé, le chauffeur du van à la jolie couleur marron glacé s'en emparait et le balançait à l'intérieur du véhicule. Une petite montagne de sacs de billets s'était ainsi élevée en deux minutes.

*
* *

Axel courait dans une rue étroite, parallèle à Gregory Way, tout en secouant furieusement les poignées des portières de chaque voiture. Elles étaient toutes fermées à clé. Normalement une portière verrouillée ne lui aurait posé aucun problème, mais il n'avait pas le temps de crocheter la serrure.

«Merde et merde!» cria-t-il, furieux.

Soudain, derrière lui, un coup de klaxon puissant comme une sirène de bateau le fit se retourner d'un bond. C'était Rosewood, perché dans la cabine d'un camion-bétonnière. La cuve tournait encore, répandant sur la chaussée des litres de ciment liquide.

Axel grimpa dans la cabine qui puait le vieux cigare. A en juger par les photos de femmes nues qui écartaient les cuisses sur toutes les parois, le chauffeur devait être un gynécologue amateur.

«Une bétonnière! s'exclama Axel.

— C'est tout ce que j'ai pu trouver. T'inquiète pas. Personne ne m'a vu», répondit Rosewood.

Il démarra brutalement. Le mastodonte prit de la vitesse, l'avertisseur mugissant comme mille taureaux.

*
* *

Quand Karla eut annoncé «Deux minutes!», le chauffeur du van courut s'installer au volant et démarra le moteur. Juste à ce moment, une bétonnière surgit à la lisière de l'immense parking désert et se dirigea droit sur lui. Ce n'était pas une voiture de police, mais le chauffeur, la surprise passée, comprit que les dix tonnes de ferraille qui fonçaient vers lui n'avaient pas l'intention de modifier leur trajectoire. Il enfonça le klaxon du van et ne le lâcha plus.

A l'intérieur du bâtiment, Karla entendit l'appel. Elle n'hésita pas. «On file!» hurla-t-elle. Les deux hommes lâchèrent aussitôt les sacs qu'ils portaient et s'élancèrent vers le trou, Karla derrière eux. L'instant d'après, ils sautaient tous trois dans le van.

Karla claqua la porte derrière elle en jurant comme un routier. Elle jeta un coup d'œil par la vitre et vit le camion. «Démarre!» ordonna-t-elle.

Le van démarra dans un crissement de pneus. Rosewood rétrograda et vira pour se lancer à la poursuite du van. Axel se cramponna.

Le chauffeur du van accéléra à fond et fonça droit devant lui. Il passa par-dessus le trottoir qui séparait le parking de la rue en décollant des quatre roues et en rebondissant sur le macadam. Dans le véhicule, ça secoua durement. Karla se cogna le crâne contre le toit et retomba lourdement sur l'un des sacs. Celui-ci s'ouvrit sous son poids, et l'intérieur du van fut pris dans un tourbillon de grosses coupures.

Rosewood ne quittait pas le van des yeux. Il écrasa l'accélérateur, décidé à passer là où le gang était passé!

«Le trottoir, Billy! Le trottoir! cria Axel.

— Je l'ai vu», dit Billy comme si les vingt centimètres de l'accotement ne présentaient aucun obstacle. Le camion, malgré ses dix tonnes, s'envola par-dessus la large bande de béton avec la grâce d'un percheron et rebondit pesamment de l'autre côté. Billy s'était débrouillé comme un chef, à un détail près: la cuve s'était détachée sous le choc, et elle dévalait la rue en rebondissant comme un gigantesque ballon de rugby.

Rosewood avait beau écraser le champignon, il n'arrivait pas à rattraper le van. Celui-ci ne tarderait pas à les semer.

«On va les perdre, Billy! cria Axel par-dessus le rugissement du moteur. On n'y arrivera jamais avec cet engin!»

Axel regarda l'arrière du van qui s'éloignait à chaque seconde qui passait. Mais il vit aussi une belle Mercedes 450 rouge garée à l'angle d'une rue un peu plus loin. Avec ça, il pourrait rattraper le van.

«Arrête, Billy!

— Quoi?

— Arrête ce putain de camion!»

Rosewood arrêta le monstre dans un crissement des pneus qui laissèrent une large trace noire sur la chaussée.

«Débarrasse-toi en vitesse de cet engin, dit Axel. Cache-le, brûle-le, fais-en ce que tu veux, mais qu'on ne le retrouve pas. Et ne te fais pas voir, sinon tu peux dire adieu à ta carrière, Billy. Moi, je m'occupe du van.»

Il y avait deux hommes dans la Mercedes. Ils

étaient attifés d'une façon qui aurait soulevé une certaine curiosité à Detroit. Pas à Beverly Hills. Le plus âgé des deux, un nommé Cecil, portait un T-shirt et un short, rien de bizarre à cela. Mais l'énorme boucle d'oreille sertie d'un brillant gros comme un pois chiche et la teinte orange mûre de ses cheveux sortaient plutôt de l'ordinaire. Quant à son compagnon, Edward, on notait avec intérêt son rouge à lèvres et ses cheveux rouge et vert.

Axel ouvrit la portière de la Mercedes, repoussa Cecil sur les genoux d'Edward et s'installa au volant.

«Salut, les garçons!» dit-il en démarrant sur les chapeaux de roues. Passer du camion à cette confortable Teutonne était comme de troquer un vieux sommier rouillé contre un tapis volant.

«Je le savais, ça! glapit Cecil avec fatalisme. Je l'ai lu dans notre horoscope.»

Edward était d'un caractère plus sanguin. «Dis-moi que c'est pas vrai, dis-moi que c'est pas vrai! hurla-t-il, un peu répétitif.

— Ce n'est pas vrai, lui répondit obligeamment Axel. C'est juste une hallucination. Toute cette teinture sur tes cheveux a fini par déteindre sur ton cerveau.

— Excusez-moi, monsieur, demanda Cecil, est-ce que c'est un vol de voiture ou un enlèvement?»

Axel ne répondit pas. Devant lui, le van avait tourné à gauche. Axel tourna quelques secondes plus tard, juste à temps pour le voir disparaître à droite. Axel prit à droite dans le vrombissement des 450 chevaux.

«Après tout, c'est assez excitant, dit Cecil.

— Il aurait pu prendre un taxi», fit Edward.

Axel eut soudain le sentiment désagréable qu'il avait perdu le van. Celui-ci semblait s'être volati-

122

lisé. Il enfila une série de rues pied au plancher dans l'espoir de repérer un éclair marron glacé, mais non, pas de veine, pas de van.

« Merde ! fit Axel.

— Prenez Tower Road, dit Cecil, serviable. C'est une très jolie route. Garbo a vécu là.

— Laquelle c'est ? »

Cecil lui désigna une rue adjacente, et Axel fonça. Il avait avalé la moitié de Tower Road quand, du coin de l'œil, il lui sembla apercevoir le van. Il freina sec, fit marche arrière. Le van était garé à deux cents mètres, en bordure d'un chemin de terre flanqué d'arbres.

Axel descendit de la voiture et fit quelques pas sur le chemin. Oui, pas de doute, c'était bien le van du gang. Il revint en courant jusqu'à la Mercedes. « Cecil, dit-il, je vous aime. Vraiment, je vous aime. »

Cecil rougit de plaisir. « Écoutez, nous donnons une petite fête, ce soir, à la maison. Venez donc.

— Une petite fête toute simple, ajouta Edward. Juste quelques amis. »

Axel sourit. « Une autre fois. Mais amusez-vous bien. Il faut que j'aille travailler, maintenant. »

Il tira le Browning de son holster, vérifia le chargeur et engagea une balle dans le canon.

Cecil, qui avait repris le volant, vit l'arme et il démarra comme un pet sur une toile cirée, fit demi-tour dans un style qu'aurait apprécié Rosewood et redescendit Tower Road sans même jeter un coup d'œil à la maison de Garbo.

10

Axel avança furtivement, longeant les arbres, le Browning à la main. Il n'apercevait aucun mouvement dans le van, n'entendait aucun bruit, mais il se tenait prêt à toute éventualité. Quand il ne fut plus qu'à quelques mètres du véhicule, il prit la position de tir, arme tendue à bout de bras. La porte latérale du van était entrouverte. Il la repoussa du pied et braqua l'intérieur.

Vide. Axel sentit le flot d'adrénaline redescendre doucement comme le mercure dans un thermomètre. Il rengaina son revolver et se demanda si ça valait la peine de passer le van au peigne fin. Ce serait probablement une perte de temps. Quand on était capable d'attaquer une banque fédérale, on ne laissait pas traîner sa carte d'identité n'importe où.

Il n'y avait pas de doute, c'était bien le van du hold-up. Un billet de cinquante dollars frémissait sous la brise dans l'herbe du bas-côté. Les gens ne perdaient pas aussi distraitement leur argent, à moins d'être très pressés et d'en avoir tout un tas de reste. Il ramassa la coupure et la fourra dans sa poche. Ça paierait le coup à boire qu'il offrirait à Rosewood et Taggart quand ils auraient épinglé le gang de l'Alphabet.

Il examina le sol de la petite route en terre. Les traces d'un demi-tour étaient visibles à quelques mètres du van, et elles repartaient vers Tower Road.

Les traces indiquaient que la voiture avait tourné à droite dans Tower Road pour se diriger vers les collines. Axel continua de les suivre jusqu'à ce qu'elles s'estompent, faute de terre adhérant aux pneus. Il s'arrêta au milieu de la chaussée et regarda autour de lui. De chaque côté, de grandes grilles défendaient les entrées de luxueuses propriétés. Il entendit de la musique et des rires et des tintements de verres quelque part en haut de l'allée d'une vaste demeure dont il ne distinguait qu'un bout de toit. Il se demanda si par hasard le gang ne s'était pas réfugié là. Il jeta un coup d'œil aux quelques voitures garées devant l'entrée, et un nom sur la plaque d'immatriculation d'une Mercedes lui arracha un grand sourire : M. Dent !

Une voiture surgit à toute allure du virage derrière lui et s'arrêta brutalement à sa hauteur. Axel se retourna en portant la main à son arme. C'étaient Taggart et Rosewood, dans la Plymouth.

«Billy ! Taggart ! Mais qu'est-ce que vous foutez ici ?

— Eh bien, dit piteusement Billy, tu sais bien qu'on est censés être à la circulation.

— Et alors ?

— On a reçu le signalement d'une Mercedes rouge

qui roulait à cent quarante dans Coldwater. Le type au volant avait les cheveux orange.

— Ed et Cecil! s'exclama Axel.

— Ouais, grommela Taggart. On a réussi à les coincer, et ils nous ont raconté qu'ils venaient d'échapper à un Noir complètement dingue qui avait braqué leur voiture et les avait enlevés. Ça ne pouvait être que toi. »

Axel éclata de rire, puis il désigna la propriété. «Ils sont là-dedans, dit-il.

— Là... là-dedans?» bredouilla Billy.

Axel indiqua la Mercedes de Dent. «Il y a des chances.

— Et... on y va?

— Oui.

— On ne peut pas entrer là-dedans, dit Taggart, les yeux hagards. C'est la propriété de *Playboy*.

— Et alors, t'es pas un play-boy, Taggart?»

Axel poussa la grille et s'avança dans l'allée. Derrière lui, il entendit Taggart marmonner d'une voix plaintive : «Je ne sais pas si mon cœur tiendra le coup.»

Dans le hall d'entrée de la vaste demeure, une jeune et jolie personne était assise à une table, une liste d'invités devant elle. Axel allait passer devant elle comme si elle n'existait pas quand elle tendit la main et le retint par la manche. Rosewood et Taggart s'arrêtèrent et contemplèrent, fascinés, le luxe de la réception. Qu'est-ce que devait être le reste de la maison!

«Ne me touchez pas, Debra, dit Axel, lisant le nom de l'hôtesse sur le badge épinglé à son chandail. Vous ne savez pas d'où je viens.»

Debra refusa de s'en laisser conter. Elle avait déjà

eu affaire à plus d'un pique-assiette. « Votre nom, s'il vous plaît ? »

Axel ouvrit de grands yeux. « Vous plaisantez, j'espère ? »

Debra ne plaisantait pas et elle était bien décidée à appeler le videur de service si ce type continuait à faire des difficultés.

« On m'avait assuré de l'incognito, » s'étonna Axel.

Debra secoua la tête. « Désolée, mais je ne peux laisser entrer personne dont le nom ne figure sur la liste. »

Axel prit un air contrarié. Il éleva la voix. « Je ne peux pas laisser mon nom paraître comme ça, sur une liste. J'ai accepté de venir à la seule condition que personne ne le sache, et je me refuse à croire qu'Hef* m'ait menti. »

Il se tourna vers Rosewood et Taggart. « Vous vous rendez compte ? Elle veut inscrire mon nom sur la liste ! » Taggart regarda ailleurs. Rosewood fit de son mieux pour jouer le jeu. « Ça alors ! » parvint-il à dire. Il aurait aimé ajouter : « Il y en a qui ont un sacré culot », mais il craignait d'éclater de rire. De l'endroit où ils se tenaient, Rosewood et Taggart avaient vue sur le grand salon, et il y avait là au moins deux cents filles, toutes plus belles les unes que les autres, un truc à vous donner le tournis.

« Hef m'a promis... » disait Axel.

Debra ne voulait rien savoir. « Certainement, monsieur, mais il a aussi donné des ordres pour que je n'accepte que les invités dont les noms sont mentionnés sur cette liste.

— Sans cette promesse, je n'aurais pas fait tout ce chemin depuis New York. On m'avait dit que ce serait tranquille et intime et que personne ne m'emmerderait. » Il regarda Rosewood, espérant un

---

* Hugh Hefner, le patron de *Playboy* (NDT).

peu plus de soutien, cette fois. Mais Rosewood se fichait d'entrer ou pas. Ce qu'il voyait d'où il était lui suffisait.

«Je regrette, mais...» commença de dire Debra.

Axel leva les mains. «Non, non, ne vous excusez pas, mais vous direz à votre patron qu'il ne s'étonne pas si la prochaine fois qu'il passera à *Cirque Privé,* je lui fais la honte de sa vie devant cinquante millions de téléspectateurs.»

Sainte merde! pensa Debra... C'est ce Noir du *Cirque Privé.* Elle savait bien que son visage lui disait quelque chose. «Le *Cirque Privé*... euh... vous êtes... euh... euh... Je suis affreusement désolée, monsieur...

— De rien, dit aimablement Axel. Et n'écrivez pas mon nom sur la liste.» Il désigna Rosewood et Taggart. «Et eux aussi, pas de noms. A moins que vous ne les reconnaissiez pas, eux non plus?» fit-il d'un ton moqueur.

Oh! bon Dieu, pensa Taggart, il me refait le coup du président.

Debra chercha désespérément un nom. Elle n'avait jamais regardé le *Cirque Privé.* Elle savait qu'il y avait ce comique qui présentait la météo. Elle secoua la tête. «Je regrette, je ne sais pas...»

Axel la considéra avec curiosité. «Debra, à quelle heure vous levez-vous, le matin?» demanda-t-il d'une voix suave.

Elle avala sa salive. Elle avait l'impression de se trouver devant un auteur célèbre dont elle n'aurait lu aucun livre.

«En fait, je travaille tard le soir, dit-elle d'un ton d'excuse... et puis je m'exerce à la vidéo...»

Axel sut que la voie était libre. Il s'avança en direction de la terrasse où se tenait la réception. «J'aimerais que vous me parliez de vous, Debra, mais je vais d'abord saluer le patron.»

Rosewood et Taggart lui emboîtèrent le pas comme s'ils avaient peur de le perdre dans la foule.

Il y avait un buffet au bout de la terrasse, et les serveurs circulaient parmi les invités avec des plateaux de boissons et de canapés.

Rosewood, Taggart et Axel n'avaient jamais vu autant de beautés réunies en un seul endroit. C'était trop. Axel ferma les yeux pendant un moment, puis les rouvrit et murmura à l'intention de sa braguette : «C'est le moment que je t'ai toujours promis. Il se peut que ça ne se reproduise plus, aussi je veux que tu te souviennes de tout ce que tu vas voir.»

Rosewood se demanda pourquoi les fêtes qu'il lui arrivait de faire chez lui n'étaient pas comme ça.

Taggart soupira. S'il devait mourir, que ce soit ici même! Il serait moins dépaysé en arrivant au paradis.

Axel arracha ses compagnons à leur extase. «N'oubliez pas, on est ici pour travailler.

— Et qu'est-ce qu'on cherche? demanda Rosewood, les yeux braqués sur une blonde pulpeuse.

— Le gang est quelque part ici.

— Mais on ne sait même pas à quoi ils ressemblent.

— C'est vrai, dit Taggart qui, lui aussi, zieutait la blonde comme un malade. Ça pourrait être n'importe qui.» Il l'interrogerait volontiers, la mignonne. Dans un motel, de préférence.

«Dent est ici. Essayons de voir qui nous pouvons lui associer, dit Axel. Baladez-vous parmi les invités. Posez des questions. Vous êtes des enquêteurs, non? Alors, enquêtez.» Axel s'éloigna. Lui aussi avait repéré deux ou trois femmes avec qui il aurait aimé échanger quelques mots.

« D'accord », approuva Rosewood, son regard zoommant sur la plus fascinante Orientale qu'il eût jamais vue. L'Orient l'avait toujours passionné. « Je pense avoir trouvé un... une suspecte », dit-il à Taggart.

Il s'approcha de la belle. « Excusez-moi, mademoiselle, j'aimerais vous poser quelques questions... »

Elle avait des yeux en amande couleur de noisette, de longs cheveux aux reflets de châtaigne.

« Les réponses sont toutes : non ! » répliqua-t-elle, et Rosewood resta comme une noix, à la regarder s'éloigner, ondulante silhouette parfumée comme l'Arabie.

« Écoute, Billy, dit Taggart, compréhensif, il faut y mettre plus de doigté que ça, y aller en douceur, tu sais, relax et cool... »

Il n'avait pas lâché du radar la blonde affriolante qui lui avait défoncé les rétines en rentrant.

« Tu vois cette déesse ? reprit-il. Je vais te faire une petite démonstration. »

Taggart se porta vers la créature en s'efforçant de ne pas loucher sur son décolleté.

« Salut », dit-il à la fille, sûr d'un charme tout en lifté coulé.

La fille le regarda. Apparemment, elle n'était pas du genre à se pâmer à la vue d'un beau mâle.

« Je m'appelle Jack et je suis du Taureau. Quel est ton signe, ma jolie ?

— Dollars », dit-elle, le plantant là.

Axel, lui, n'avait plus la tête à la bagatelle. Il venait de repérer Dent et Thomopolis. Les deux hommes s'entretenaient à voix basse à un bout de la terrasse. Et, apparemment, ni l'un ni l'autre n'avaient l'air très heureux.

« Vous n'avez pas l'argent, dit le Grec. Et vous avez

besoin de temps. Très bien. Je vous accorde vingt-quatre heures. Ça vous va?

— Vingt-quatre heures?

— Et si vous n'avez pas l'argent d'ici là, vous perdez tout. C'est clair?»

Dent n'eut pas le temps de lui répondre. Axel venait de lui assener une grande tape amicale dans le dos. Dent se tourna vers lui avec l'amabilité d'un serpent qui vient de se faire marcher sur la queue.

«Max! s'exclama Axel, comme s'il retrouvait avec joie un vieil ami. Que fais-tu ici? Tu m'as l'air en forme. Le crime paye, n'est-ce pas, mon petit Max?» Axel palpa le tissu de l'impeccable veston, le frottant entre le pouce et l'index pour en apprécier la qualité. «Beau costume! La classe, vraiment!

— S'il vous plaît tant que ça, je m'arrangerai pour qu'on vous enterre dedans», lâcha Dent entre ses dents serrées.

Axel l'ignora. Il se tourna vers Thomopolis. «Et vous êtes... Je n'arrive jamais à prononcer correctement votre nom.

— Thomopolis», dit le Grec dans un frémissement de moustache.

Axel avait élevé la voix, et des têtes se retournèrent dans leur direction. Un gros bras du service de sécurité s'approcha discrètement d'eux.

«Des ennuis, messieurs?

— Non, non, dit Axel, je demandais seulement à ces messieurs quel genre d'affaires ils traitaient en ce moment. Qu'est-ce que c'est, Max? Des armes ou de la came?

— Je ne connais pas ce monsieur, dit Dent à l'homme, mais il nous ennuie. Voudriez-vous faire quelque chose, s'il vous plaît?»

Axel aperçut Hugh Hefner à quelques mètres de là.

Leur hôte n'avait pas encore remarqué ce qui se passait à cet endroit de la terrasse.

«Vous devriez vous montrer un peu plus prudent quand vous invitez du monde, lui lança Axel d'une voix qui couvrit les conversations. Cet homme n'hésite pas à tirer sur des policiers!» ajouta-t-il en pointant son index sur la poitrine de Dent.

Hefner les regardait, maintenant. «Allons, pas de scandale, messieurs... grommela-t-il.

— Hé! Hef, continua Axel, laissez-moi éclairer votre lanterne. Ce type commandite des assassinats, et je trouve que ça la fout plutôt mal de le mêler à tant d'honnêtes citoyens.»

Hefner s'excusa auprès de ses amis et il s'approcha d'Axel et de Dent, tandis que d'autres gardes approchaient.

Le patron de *Playboy* jeta un regard froid à Axel et Dent.

«Je ne vous connais ni l'un ni l'autre, dit-il. Cette réception est donnée au profit des enfants du Tiers Monde. J'ignore comment vous avez pu entrer, mais je vous prie de quitter cette maison sur-le-champ...» Il se tourna vers les gardes. «Veuillez raccompagner ces messieurs.»

Dent parut outragé. «J'ai largement contribué à cette...

— Et nous vous en sommes reconnaissants, le coupa Hefner. Au revoir.»

Les gardes invitèrent fermement Axel et Dent à se diriger vers la sortie. Axel bouscula Dent alors qu'ils quittaient la terrasse. «Allons, Max, ne marche pas dans mes jambes», grogna-t-il en repoussant Dent. Celui-ci le toisa d'un regard meurtrier et, s'adressant aux gardes, leur jeta : «Inutile de m'escorter, je connais le chemin!» Il traversait le hall d'entrée quand Karla apparut.

«Hé, Karla, cria Axel, quand est-ce que vous passez à la maison? Je vous dois toujours ce rasage...»

Alors que Dent et Karla rejoignaient leur Mercedes, la jeune femme siffla entre ses dents :

«Laisse-le-moi, Max.

— Non, dit Dent. Il nous provoque délibérément. Il cherche à nous pousser à la faute. Nous continuerons comme prévu. Contacte Cain pour la prochaine opération.»

Taggart et Rosewood sourirent tristement à Axel. Rosewood se retourna pour jeter un dernier coup d'œil. Ma foi, il avait eu un petit aperçu du paradis...

11

Axel se foutait éperdument qu'on le jette comme un malpropre de l'honorable institution *Playboy*. Il avait ce qu'il voulait. Tandis que la Plymouth démarrait, Rosewood au volant, il tira un fin portefeuille en crocodile de sa poche, l'ouvrit et se mit en devoir d'examiner son contenu. Manque de pot, il n'y avait pas un rond. Il se rappela avoir entendu quelqu'un affirmer que les gens très riches n'avaient jamais d'argent liquide sur eux. Il y avait toujours un larbin dans leur sillage pour éponger la facture.

Axel se demanda une nouvelle fois pourquoi Dent, avec sa fortune, se compromettait dans des vols à grande échelle.

Rosewood jeta un coup d'œil à Axel, puis sur le permis de conduire que celui-ci tenait à la main. Il ouvrit de grands yeux.

«T'as piqué le portefeuille de Dent!» s'exclama-t-il.

Taggart, à l'arrière, fit un bond en avant sur son siège.

«Que.... quoi? Tu lui as fait les poches?» Puis il se renversa sur la banquette en se demandant comment son cœur pouvait encore tenir le coup.

«Hé, Taggart, je ne suis pas né flic.»

Taggart hocha la tête. «Je sais, je sais, tu as transgressé une loi ou deux quand t'étais gosse.»

Il y avait quelques cartes de visite dans le portefeuille. L'une d'elles était au nom de Sidney Bernstein, expert-comptable.

Excellent, ça, pensa Axel. Quel meilleur moyen de connaître la fortune d'un quidam que de consulter son comptable. Il décida de faire une petite visite à ce Bernstein, juste après qu'ils auraient eu un entretien avec le chef Lutz.

*
* *

Lutz était au bord de la rupture d'anévrisme. Il n'avait récolté aucun indice sur le hold-up d'Adriano, l'un de ses officiers luttait contre la mort sur un lit d'hôpital, la banque la plus sûre de toute la Californie venait de faire l'objet du hold-up le plus audacieux de ces dix dernières années, et maintenant il y avait une espèce de Zorro qui se baladait dans la ville au volant d'une bétonnière.

«Une bétonnière! grogna-t-il en prenant les murs à témoin de son infortune. Une bétonnière!»

Les yeux en boules de loto du chef Lutz braquèrent un regard myope sur Taggart. «Une bétonnière?

— J'ai rien vu, chef», marmonna Taggart.

Le maire, Egan, qui les honorait de nouveau de sa présence, prit la parole. «Je ne pense pas que cette histoire de camion soit tellement importante, Harold.»

Lutz allait lui répliquer qu'il se foutait pas mal de son opinion quand il se rappela à temps que c'était le maire qui faisait la pluie et le beau temps dans la police de Beverly Hills, et il s'abstint de se laisser tomber sur le pied la première pierre de la disgrâce.

Il préféra demander à Biddle ce qu'il pensait de cette histoire de bétonnière. «Votre avis, Biddle?»

Biddle, censé mener l'enquête sur le gang de l'Alphabet, savait qu'il lui fallait dire quelque chose et, si possible, pas n'importe quoi. «Euh... j'ai une théorie là-dessus, chef. Je pense qu'ils se sont servis de cette bétonnière pour créer une diversion.» Biddle, qui n'avait pas pensé à cela une seconde plus tôt, fut assez satisfait de sa trouvaille.

«Une diversion? interrogea Lutz, apparemment peu convaincu.

— Oui, chef, insista Biddle. Une diversion pour protéger leur fuite.»

Lutz soupira. Pourquoi avait-il pris sous son aile un crétin pareil? «Biddle, celui qui était au volant de la diversion, comme vous dites, a non seulement interrompu le hold-up, mais il a bien failli coincer le gang.»

Biddle abandonna aussi vite sa théorie qu'il l'avait défendue.

«Ça, c'est raisonner, chef!» s'écria-t-il, admiratif.

Lutz se tourna vers Axel. «Et vous, qu'est-ce que vous foutiez encore là-bas?»

Axel eut un sourire angélique. «Moi? Je passais par là. Je suis un flic, non? A propos, vous avez appelé l'inspecteur Todd, à Detroit?

— Oui, je l'ai appelé. Et votre inspecteur n'a pas l'air de vous aimer beaucoup.

— Tout le monde peut se tromper, répliqua Axel. Et puis si j'avais voulu qu'on m'aime, je me serais fait pompier.

— Écoutez, Harold, intervint Egan, le fait est que, quelle que soit l'explication, le hold-up a été interrompu et une grande partie de l'argent sauvé.

— Par un fou au volant d'une bétonnière, je sais, dit Lutz.

— A votre place, continua Egan, je m'efforcerais avant tout de déchiffrer les codes des messages et de trouver où sera commis le prochain délit, le E.

— Comment pourrions-nous le savoir...» soupira Lutz d'un air impuissant.

Axel se dit que le moment était venu d'intervenir. «Il y a peut-être un moyen, dit-il.

— Que... comment? bafouilla Lutz.

— Nous avons supposé jusqu'ici que le gang signait chacun de ses coups par une lettre seulement pour numéroter ses opérations et impressionner le public, ou pour apprendre l'alphabet à ceux qui l'auraient oublié.

— Exactement, dit Biddle, pour rappeler que c'était lui, le responsable de l'enquête. C'est pourquoi on les appelle le gang de l'Alphabet.

— Ouais, eh bien, c'est un peu plus compliqué que ça, dit Axel. Réfléchissez, Biddle. A, c'était pour Adriano, B pour Bogomil, C et D pour...

— La Caisse-Dépôt, répondit Egan, vivement intéressé par la théorie d'Axel.

— Donc, leur prochaine cible, continua Foley, portera un nom commençant par un E.

— Oui, c'est plausible, dut admettre Biddle.

— Combien y a-t-il de cibles éventuelles commençant par la lettre E? Ma foi, j'ai l'impression que vous avancez dans votre enquête, messieurs, dit Egan en s'adressant uniquement à Axel, Rosewood et Taggart. Continuez dans cette voie, et nous verrons peut-être la fin de cette méchante histoire. Je vous verrai plus tard, Harold», ajouta-t-il en partant.

Axel se dit qu'il était temps pour lui aussi de filer, et il sortit à la suite du maire. Rosewood et Taggart hésitèrent. Partir? Rester? Lutz allait certainement les remettre sur l'enquête après que le maire leur eut témoigné une si évidente sollicitude.

«Très bien», dit Lutz. Il était furieux de devoir accepter la théorie d'Axel, mais il devait reconnaître qu'elle était sensée. «Vérifiez tout ce qui peut faire l'objet d'un hold-up et qui commence par la lettre E dans Beverly Hills, ordonna-t-il à Biddle. Consultez les cartes, les annuaires, essayez donc à la...

— La bibliothèque, avança Rosewood, obligeant.

— La bibliothèque, répéta Lutz. Biddle, par la même occasion, allez donc voir où en est le FBI avec le déchiffrage des codes...»

Lutz se laissa choir sur sa chaise et soupira. Il prit le rapport sur le hold-up de la Caisse-Dépôt et se demanda qui avait bien pu conduire cette bétonnière. Il réalisa soudain que Taggart et Rosewood étaient toujours dans son bureau, tranquillement assis, comme des élèves appelés devant le censeur.

«Qu'est-ce que vous foutez encore ici? aboya-t-il.

— Eh bien, dit Taggart, la pomme d'Adam jouant à l'ascenseur, nous nous demandions si...»

Lutz l'interrompit d'une main levée. Il avait enfin l'occasion de passer sa rage sur quelqu'un.

«Vous deux, à la circulation! Et que je ne vous retrouve pas en compagnie de ce Foley, sinon c'est la porte!»

Si cela n'avait tenu qu'à lui, Taggart aurait fui la compagnie d'Axel. Mais celui-ci les attendait, assis à l'arrière de la Plymouth.

«Tu ne devais pas repartir pour Detroit, aujourd'hui? demanda Taggart en se glissant, l'air contrarié, derrière le volant.

— Ouais, à midi, répondit Axel. Mais il faut d'abord passer à Century City chez le sieur Bernstein, le comptable de Dent.

— Tu vas rater ton avion», dit Rosewood, qui essayait de trouver une position confortable sur son siège, ce qui n'était pas facile avec le canon qu'il portait sur lui. «Tu vas te faire virer.»

Axel haussa les épaules. «Merde, on a commencé cette enquête ensemble, et on la finira ensemble! Regarde donc si ce Sidney Bernstein a une voiture.»

Rosewood tapa l'information au clavier d'un petit ordinateur monté sur le tableau de bord. Le minuscule écran s'alluma.

«Oui, dit-il, une Mercedes, année 86, immatriculée CRL 507.

— Vous êtes toujours à la circulation? demanda Axel.

— Définitivement», répondit Taggart, débordant d'amertume. Bon Dieu, ce qu'il pouvait le haïr, ce Lutz!

«Très bien, passez-moi votre carnet de contredanses.

— Axel, je t'en prie...»

Axel se pencha par-dessus la banquette avant et sortit le carnet de la boîte à gants. Il s'empara d'un stylo à bille et commença à rédiger une première contravention. Le temps d'arriver à Century City, dix minutes plus tard, M. Bernstein avait écopé de vingt-cinq contraventions pour stationnement interdit, la plupart vieilles d'un an.

Century City ressemblait à un décor de science-fiction. De hautes tours de verre montaient vers le ciel et le futur du siècle au milieu d'un labyrinthe d'escaliers mécaniques et de trottoirs roulants qui transportaient d'un immeuble à l'autre toute une population de courtiers et d'hommes d'affaires dont les activités s'étendaient au monde entier.

En entrant dans l'élégante réception du bureau de Bernstein, Axel sut aussitôt que dans ces eaux-là ne devaient croiser que de gros requins. Ces types n'avaient qu'à appuyer sur un bouton pour qu'aussitôt, à l'autre bout du monde, quelqu'un répondît à leurs désirs.

Mais cela n'impressionnait pas Foley. Il allait coincer Bernstein pour stationnement interdit.

Il montra sa plaque à la secrétaire, une jeune femme qui avait l'air de sortir d'une page de *Vogue*. «Foley, police de Beverly Hills, dit-il. Service-service. Bernstein est ici?

— Mais... bredouilla la secrétaire.

— Vous dérangez pas, dit-il, en passant devant elle. Nous le trouverons.»

Bernstein était assis derrière un imposant bureau en bois sculpté. Il tournait le dos à une grande baie panoramique d'où l'on découvrait Los Angeles. Il parut aussi surpris que sa secrétaire quand Axel fit irruption dans la pièce, Rosewood et Taggart sur ses talons.

«Comment êtes-vous entré?» demanda-t-il.

— Police de Beverly Hills, mission spéciale. Êtes-vous Sidney Bernstein, propriétaire d'une Mercedes immatriculée CRL 507?

— Elle a été volée?

— Non.

— Dieu merci! dit Bernstein en se renversant dans son fauteuil de bureau capitonné de cuir.

— A votre place, je ne le remercierais pas si vite, fit Axel. J'ai un mandat d'arrêt contre vous...»

Taggart, qui se tenait derrière Axel, ressentit une douleur aiguë à la poitrine.

«Quoi?» dit Bernstein. C'était sûrement ce refuge fiscal qu'il avait installé aux Iles Caïman, pensa-t-il. Il savait qu'il n'aurait jamais dû faire ça....

«Comme vous devez certainement l'ignorer, reprit Axel, vous avez vingt-cinq contraventions pour stationnement interdit, pour la plupart vieilles d'un an, qui n'ont jamais été réglées.»

Bernstein ressentit un immense soulagement. Des contredanses! Il savait maintenant ce que c'était que d'être gracié juste avant l'exécution!

«Mais... commença-t-il.

— Je sais, l'interrompit Axel, vous n'avez jamais trouvé de contraventions sur votre pare-brise. Vous nous chantez tous le même air, pas vrai, les gars?

— Exact», ânonna Rosewood, loyal.

Bernstein était confondu. A sa connaissance il n'avait jamais eu de contravention. «C'est absurde», dit-il.

Axel sortit de sa poche les vingt-cinq cartons verts.

«Et ça, Bernstein, qu'est-ce que c'est? Des prospectus publicitaires?»

— Il doit y avoir une erreur. Si on m'avait verbalisé, j'aurais payé l'amende.

— Il arrive que le vent les emporte ou qu'on les

oublie, vous savez. N'empêche, nous avons mandat de vous emmener.»

Bernstein pâlit. «Vous plaisantez?

— Non», dit Axel. Il se tourna vers Rosewood. «Les menottes, s'il te plaît.

— Mais... mais... balbutia Bernstein, il n'y a pas moyen d'éviter ce désagrément, messieurs?»

Axel sourit d'un air canaille et s'assit au bord du bureau.

«On peut toujours s'arranger, monsieur Bernstein.»

L'expert-comptable hocha la tête d'un air entendu. «C'est bien ce que je pensais, dit-il. Combien?»

Axel contempla un instant le plafond. «Voyons, vingt-cinq contraventions... Disons, deux cents dollars.»

Dans son dos, Taggart fit entendre un faible gémissement.

Pas gourmand, ce flic, pensa Bernstein. C'était ce qu'il dépensait à déjeuner. Il sortit son portefeuille et tendit deux billets de cent dollars tout neufs à Axel.

«C'est un plaisir d'avoir affaire à vous, officier, dit Bernstein. Maintenant, si vous voulez bien me laisser...

— Une chose, Sid, l'interrompit Axel. Il faut que nous effacions la trace de ces contraventions sur l'ordinateur. Sinon, cette petite transaction risquerait de vous revenir dans la poire sous l'appellation "corruption de fonctionnaires". Puis-je utiliser votre téléphone?

— Vous pouvez prendre celui de la secrétaire, proposa Bernstein.

— Allons, Sid, vous ne tenez tout de même pas à ce qu'elle apprenne ce qui s'est passé ici?

— D'accord, dit Bernstein, téléphonez d'ici.»

Axel décrocha le combiné. Il commença de composer un numéro et s'arrêta soudain.

«Monsieur Bernstein, je suis certain que vous comprendrez que mon contact à l'ordinateur n'apprécierait pas que je mentionne son nom devant un étranger.

— Je comprends, dit Bernstein qui avait hâte de se débarrasser de ces trois flics véreux.

— Dans ce cas, pourriez-vous attendre dehors en compagnie de mes collègues? Juste le temps que je prenne contact avec la personne en question.»

A quoi joue-t-il? se demanda Taggart dont le bras gauche était la proie d'élancements douloureux.

«Bien sûr», dit Bernstein.

Billy ouvrit la porte et s'effaça devant l'expert-comptable avec une courtoisie ironique.

Gentil, ce Bernstein, pensa Axel. Il composa un numéro de téléphone. En attendant qu'on lui réponde, il emporta l'appareil avec lui et ouvrit l'armoire à classeurs qui se trouvait dans un coin de la pièce. Il trouva rapidement le dossier de Dent. Bernstein avait beaucoup travaillé pour ce dernier, ces temps-ci.

Il apparaissait que Dent projetait de déménager et qu'il avait confié les détails de l'opération à son comptable. Maxwell Dent allait quitter Beverly Hills pour le Costa Rica. Et pour longtemps. Le dossier comportait en effet une demande de statut de résident permanent. Dent n'avait pas l'intention de revenir. Le dernier document contenu dans la chemise était une liste de matériel d'exploitation pétrolière : foreuse, trépan de derrick, conduits. Le plus étonnant était que ces pièces aussi lourdes qu'encombrantes devaient être acheminées par avion! Axel tressaillit.

L'expédition devait avoir lieu le jour même, à l'aéroport de LAX.

Il remit le dossier en place et referma le tiroir. Au même moment, la voix de Jan Bogomil se fit entendre à l'autre bout du fil.

«C'est moi, dit Axel, tu as trouvé quelque chose?

— Oui, dit Jan, Dent a contracté une première police d'assurance à Londres, en 1974. J'ai appelé notre bureau londonien... pour apprendre que Dent avait été attaché culturel de l'Allemagne de l'Est au Honduras.

— Au Honduras? Attaché culturel? Tu sais à quoi je pense?

— Oui, c'est le profil classique de l'agent du KGB. Mais, apparemment, Dent ne travaille plus comme espion. Il a amassé une véritable fortune. Le club de tir, un champ de courses, une compagnie d'exploitation pétrolière.

— Une compagnie d'exploitation pétrolière?

— Oui, c'est son affaire la plus importante. Mais il semble qu'il ait en ce moment de graves problèmes financiers.»

Ça, c'était intéressant, pensa Axel. Il commençait à voir clair dans le puzzle. «Vas-y, je t'écoute.

— Il a résilié toutes ses polices d'assurances, ces six derniers mois. Celles de la compagnie pétrolière, celles du club de tir. Toutes, sauf une.

— Laquelle?

— Celle du champ de courses. L'Equus. Il a une très grosse police multi-risques là-dessus. Entièrement payée.

— Equus, répéta Axel. Avec un "E"! Hé, Jan...

— Oui?»

Axel sourit. «Quand ton père se réveillera, tu peux lui dire que tu connais le nom de l'assassin.»

Il raccrocha et rejoignit les autres à la réception. «Tout va bien, Sidney, dit-il en agitant le paquet de contraventions. Toutes nos excuses pour cette méprise.

— Je vous en prie, officier...»

*
* *

Axel rapporta à Rosewood et Taggart ce qu'il avait découvert tandis qu'ils filaient à toute allure dans les rues de Los Angeles. Il avait sur ses genoux le dernier code transmis par le gang et il s'efforçait de le déchiffrer. Ce code-ci semblait plus facile que les autres. En fait, Axel en avait déjà vu de semblables.

«Il ne va tout de même pas voler sa propre caisse! dit Rosewood.

— Il peut, s'il est assuré.

— Voler son propre argent et toucher l'assurance! fit Taggart, dégoûté. Il y a des types qui sont vraiment voraces.

— Il veut bien plus que ça, Taggart, dit Axel, les yeux fixés sur le code.

— Quoi? La compagnie pétrolière qu'il va monter au Costa Rica?

— Mon petit doigt me dit que ce n'est pas du matériel de forage qu'il compte acheminer là-bas. Le problème va être de lui mettre la main dessus avant qu'il se taille. Et j'ai peur qu'il mette les bouts ce soir.

— Eh bien, il n'y a qu'à l'arrêter tout de suite», dit Rosewood.

Soudain, Axel eut un sourire triomphant. «Hé! s'exclama-t-il. Regardez!» Il brandissait la feuille de papier sur laquelle était inscrit le message chiffré.

«T'as trouvé? s'écria Taggart. T'as battu l'ordinateur?

— Qu'est-ce que ça dit? demanda Rosewood, impatient.

— Le message est en espagnol. Il dit : "Je chie dans le lait de vos mères, chiens de flics! signé : Carlos!"

— Il est vraiment très grossier, ce Carlos, dit Rosewood. Qui c'est, ce mec?

— Carlos, répéta Taggart, pensif. Charles... Charles Cain! C'est lui, le chef du gang! Comment tu as fait, Axel?

— Cain a modifié son nom, juste? Et Cain est un petit voyou qui a voulu devenir riche. Et là où on trouve des gangsters en herbe, on rencontre ce genre de code secret. On donne le chiffre 1 à la lettre A, le 2 au B, le 3 au C, etc. jusqu'à Z. Simple. N'importe quel vieux flic de Detroit, de New York ou de Chicago aurait trouvé.

— Alors, c'est Cain, le chef? demanda Rosewood.

— Je ne crois pas, répondit Axel. les autres codes sont beaucoup plus difficiles. Ce code-ci est différent des autres... plus facile. Trop facile. On dirait que celui qui l'a rédigé voulait qu'on le déchiffre.

— Comment se fait-il que tu connaisses ce genre de codage? demanda Rosewood. Tu as fait ça quand tu étais gosse?»

Axel rit, et Taggart répondit à sa place.

«Bon Dieu, Billy, il n'est pas né flic, tu sais...

— Ouais, ouais, je sais, il a transgressé une loi ou deux.

— Vous savez que vous êtes super, vous deux! s'écria Axel en souriant de bonheur. Et maintenant, Billy, fonce!»

Charles «Chip» Cain était assis sur le strapontin dans le compartiment arrière de la limousine de Dent. Il était très nerveux, et ce n'était pas parce que Dent lui reprochait ses récents échecs. Au contraire, le pétrolier lui témoignait beaucoup de compréhension et d'indulgence. Et cela glaçait Cain jusqu'aux os.

«Je ne sais pas ce qui s'est passé à la Caisse-Dépôt, Max. Je ne sais vraiment pas comment les flics ont pu être renseignés.»

La portière du luxueux véhicule s'ouvrit, et Karla se glissa à côté de Dent sur la banquette. Elle portait une combinaison de saut en cuir blanc. Contrairement à Cain, elle n'avait pas l'air nerveuse. En réalité, elle semblait n'avoir aucun souci au monde.

«Oui, dit Dent d'une voix égale, c'est un mystère

pour moi aussi. Tout de même, cette fusillade au club 385, c'était du travail bâclé, vous ne trouvez pas?»

— C'est vrai, reconnut Cain. Mes hommes n'ont pas été bons sur ce coup.» Pourquoi cet enfant de salaud de Dent ne se mettait-il pas en colère? Cette sollicitude lui fichait décidément la trouille.

Dent remarqua le léger tremblement qui agitait Cain. «Du calme, Charles. Tout le monde peut faire des erreurs de temps à autre.

— Je regrette, Max.

— Cette fois, Charles, j'aimerais que vous soyez présent sur les lieux et que vous vous assuriez que tout marche comme prévu.»

Cain parut hésiter.

«Un problème, Cain?

— Non, bien sûr que non. Je serai avec l'équipe...

— Parfait, Charles, dit suavement Dent. Je suis sûr que tout se passera bien.» Il jeta un coup d'œil à Karla et lui tendit le dernier message. L'enveloppe était marquée d'un grand E majuscule.

«Montez dans le van, maintenant, dit Dent calmement. Donnez-moi une minute, et allez-y.»

Karla descendit de la limousine et se dirigea vers le van stationné à côté. «Venez, dit-elle à Cain.

— Au revoir, Charles, dit Dent. Et bonne chance.

— Tout se passera bien, Max, je vous en donne ma parole.»

Dent claqua la portière.

*
* *

La huitième course allait commencer quand Dent prit place dans sa loge privée au champ de courses L'Equus. Nikos Thomopolis l'attendait, deux de ses gardes du corps plantés devant la porte, observant les allées et venues avec autant d'attention que le service de protection d'un chef d'État.

«Excusez mon retard, Nikos, j'ai dû régler quelques détails de dernière minute.»

Thomopolis entra tout de suite dans le vif du sujet. «J'espère que l'un de ces détails était l'argent.»

Dent hocha la tête. «Certainement.

— Vous l'avez?» demanda le Grec.

Matériellement, Dent ne l'avait pas encore. Mais il n'allait pas ennuyer Thomopolis pour si peu. Il aurait l'argent dans quelques minutes.

«Bien sûr que je l'ai.

— Bien.» Thomopolis s'apprêta à se lever.

«Ah! Nikos...» Dent le retint par le bras.

«Quoi?

— Je suppose que de votre côté vous avez la marchandise...»

Thomopolis gloussa. «J'ai toujours la marchandise.

«Parfait, Nikos.» Dent serra la main du Grec. «A plus tard.

— Avec l'argent», dit Nikos.

Dent hocha la tête. «Avec l'argent.»

Thomopolis se leva et, aussitôt, ses gardes du corps furent à ses côtés. Sans rien ajouter, le marchand d'armes quitta la loge.

Le temps que commence la huitième course, l'argent des parieurs malchanceux s'était accumulé dans la salle de comptage située au rez-de-chaussée. Une douzaine d'hommes et de femmes s'activaient dans la pièce, triant et mettant en liasses les billets, de la petite coupure de deux dollars des gagne-petit aux gros biffetons de cinq cents et mille des flambeurs.

Douze caméras montées sur des supports muraux filmaient en permanence l'intérieur de la salle et ses abords, reliant les images aux écrans de la salle de sécurité, quelques portes plus loin. Deux gardes contemplaient oisivement les écrans. Tout se passait normalement. La routine.

Au même moment, dans le sous-sol, un employé du service d'entretien poussait devant lui le long d'un étroit couloir une grande poubelle à roulettes débordant de tickets, de programmes et de boîtes de bière jetés par la foule des turfistes et des parieurs. Il s'arrêta devant un ascenseur, pressa le bouton d'appel et, quand les portes s'ouvrirent, monta en tirant derrière lui sa poubelle. Les portes se refermèrent.

Au moment où l'appareil parvenait entre les deux niveaux, l'homme enfonça le bouton d'arrêt d'urgence, stoppant net la montée. Il grimpa aussitôt sur la poubelle, poussa la trappe dans le toit de la cabine et se hissa à travers l'ouverture.

L'ascenseur s'était arrêté à hauteur d'une boîte de raccordement électrique. L'homme ouvrit la boîte, sélectionna un gros câble rouge, tira un couteau de sa poche et dégagea l'isolant entourant le câble. D'une poche de sa salopette, il sortit un magnétoscope vidéo miniaturisé contenant quatre minutes de pellicule pré-enregistrée et brancha l'appareil sur le câble. Il consulta son chronomètre, attendit quelques secondes et enclencha le bouton de la mise en marche.

Au service de sécurité, un garde constata un soudain brouillage sur les écrans. L'interférence ne dura qu'une seconde ou deux, puis les images des employés comptant et entassant les billets réapparurent. Ce que l'homme ne savait pas, c'est qu'il regardait maintenant la bande du magnétoscope.

Dans la salle de comptage, l'enfer allait se déchaîner.

La neuvième et dernière course allait commencer

quand trois gardes en uniforme traversèrent la salle des guichets devant lesquels se pressaient les parieurs et pénétrèrent dans le couloir menant à la salle de comptage. Personne ne leur prêta attention, personne ne remarqua qu'ils portaient tous trois des lunettes de soleil et que le plus grand d'entre eux était une femme.

Karla avait dissimulé sa crinière blonde sous sa casquette, et des lunettes lui masquaient la moitié du visage. Ses compagnons étaient Cain et May. Willie ne faisait pas partie de l'expédition. Dent avait jugé qu'après la fusillade du club 385, il ne méritait plus de faire partie de l'équipe. On retrouverait quelques jours plus tard son cadavre échoué sur une plage.

Karla se présenta à la porte de la salle de comptage. Un guichet s'ouvrit et Jack Stiles, le chef de la sécurité, passa sa tête par l'ouverture. Il vérifia les trois cartes d'identité que lui présentaient les gardes et leur ouvrit la porte. Karla remarqua le 38 que l'homme portait à la hanche.

«Très bien, dit Stiles, par ici.» Il les guida le long d'un étroit couloir jusqu'à une porte de métal. Il déverrouilla la serrure et ils entrèrent. Aucun des douze employés présents ne leur accorda un regard.

Karla ouvrit le grand sac marin qu'elle transportait et enfila une paire de gants. Puis elle sortit trois petits masques d'oxygène d'une autonomie de cinq minutes.

Stiles la vit faire. «Qu'est-ce que vous faites?» demanda-t-il alors que Karla ajustait son masque sur son visage. La réponse lui parvint sous la forme d'un coup de clé à molette à la tempe, et Stiles s'écroula. Calmement, Karla sortit un autre gadget du sac. Ça ressemblait à un petit extincteur. Elle tira sur le cordon d'ouverture et la salle de comptage fut aussitôt envahie d'un gaz asphyxiant. Les comptables à leurs tables se mirent à tousser et à suffoquer. Deux ou trois d'entre eux vacillèrent en direction de la porte et s'effondrèrent au bout de deux mètres. En quelques secondes, le gaz avait mis tout le monde au tapis.

May et Cain commencèrent de remplir par pleines brassées le sac de Karla. En trois minutes ils avaient nettoyé les tables. Le sac était plein. Karla s'agenouilla près de Stiles, sortit le 38 de son étui et se tourna vers Cain.

« Qu... qu'est-ce que vous faites ? demanda Cain, sa voix étouffée par le masque. Nous n'avons pas le temps de...

— Au revoir, Charles », dit Karla. Le revolver tressauta dans sa main. Cain reçut la balle en plein cœur. Il mourut avant même de toucher le sol.

May assista à la scène avec une stupeur horrifiée. Pendant un instant il fut comme paralysé. Puis il pensa : « Ça va être mon tour. » Il se jeta sur Karla pour lui arracher l'arme des mains. Mais elle fut plus rapide que lui. Le 38 claqua de nouveau. May fut violemment projeté en arrière sous l'impact, et il tomba raide mort, un trou entre les deux yeux.

Karla regarda l'heure à son chronomètre, puis elle plaça le 38 dans la main du garde évanoui et lui fit tirer une dernière balle qui alla se loger dans le mur. Elle sortit le dernier message de la pochette de son blouson et le posa sur le corps de Cain. Elle défit son uniforme de garde, apparaissant dans sa combinaison de cuir blanc. Elle enleva sa casquette, et ses cheveux cascadèrent sur ses épaules. Elle fourra l'uniforme dans le sac avec l'argent et traîna celui-ci jusqu'à la porte de la salle.

Elle sortait dans le couloir en tirant sa lourde charge derrière elle quand l'employé du service d'entretien apparut. «Des ordures, m'dame? demanda-t-il avec un sourire.

— Oui, mais pour l'amour du ciel, ne les brûlez pas», répondit Karla en lui faisant un clin d'œil.

L'homme s'empara du sac, le balança dans sa poubelle et poursuivit son chemin.

Une minute plus tard, Karla se glissait dans la loge de Dent.

Elle était légèrement essoufflée, excitée, chargée d'adrénaline.

Dent la regarda. «Notre cheval a gagné?

— Oui, répondit Karla avec un petit sourire. Mais pas celui de Cain; j'en ai peur.»

Comme Dent escortait Karla vers la sortie, la bande enregistrée se termina. Les hommes du service de sécurité découvrirent, ahuris, le spectacle qui passait sur les écrans. Les employés de la salle de comptage gisaient par terre, deux gardes baignaient dans une mare de sang.

13

Dans la Plymouth verte, Axel, Taggart et Rosewood déboulèrent sur l'immense parking qui s'éten-
dait sur un hectare derrière le champ de courses. La
neuvième et dernière épreuve était terminée et turfistes et parieurs essaimaient à travers le parking, impa-
tients de regagner leurs voitures.

Rosewood avait à peine ralenti, et la foule s'écarta
vivement sur son passage. Histoire de leur faire savoir
qu'ils n'étaient pas trois agités en goguette, Taggart
déclencha la sirène.

Près de l'entrée principale du champ de courses,
ils trouvèrent une dizaine de voitures de patrouille,
gyrophares allumés. D'autres arrivaient, toutes sirènes hurlantes.

Rosewood gara la voiture, et ils se précipitèrent

à l'intérieur du bâtiment principal, à la suite de l'armada des policiers.

Les employés gazés avaient été conduits au poste de secours du champ de courses. Tous sauf Jack Stiles, qui se tenait à côté de Lutz.

Le jeune garde n'était pas tout à fait remis du coup qu'il avait reçu sur la tête et il vacillait légèrement sur ses jambes. Il souriait d'un air gêné, comme s'il n'était pas tout à fait sûr de ce qu'il entendait raconter autour de lui.

Aux pieds de Lutz, tels des trophées de chasse au gros gibier, gisaient deux corps recouverts de toiles cirées.

Axel arriva juste au moment où s'improvisait une conférence de presse. Pendant un moment, il se demanda si tous les reporters de Los Angeles ne s'étaient pas donné rendez-vous ici, puis il réalisa que de nombreuses stations de télévision locales rendaient compte quotidiennement des courses hippiques et que chaque journal avait un envoyé à L'Equus. Lutz bénéficiait donc d'une couverture de presse exceptionnelle, du moins en ce qui concernait la quantité, car pour ce qui était de la qualité, les journalistes de la presse à crottin avaient à peu près autant de classe que leurs confrères de la presse à potins. Mais Lutz n'était pas difficile. L'essentiel était de pouvoir se faire mousser devant un parterre de micros et de pointes Bic. Par-dessus le marché, il se trouvait que ce jour-là le maire en personne visitait l'hippodrome en compagnie de quelques personnalités.

C'était parfait. La conférence se tenait sur les lieux mêmes du crime, et les cadavres des méchants étaient encore tout chauds. Le jeune garde qui-n'avait-écouté-que-son-courage était là, et Lutz allait être la star des news de la soirée d'une côte à l'autre. L'Amérique pouvait dormir tranquille, le chef Lutz veillait.

Les journalistes le pressaient de questions, mais lui prenait son temps, savourant l'attention dont il faisait l'objet.

Enfin il leva une main et réclama le silence.

«Du calme, du calme, dit-il.

— Chef Lutz!» cria un reporter.

Lutz secoua la tête. «Pas de questions, messieurs, je vous en prie. Je ferai seulement une brève déclaration. Nous avons identifié le chef du gang de l'Alphabet. C'est Charles Cain, déjà condamné pour vol à main armée...» Lutz éleva la voix. «Il n'y aura pas de crime F.» Des applaudissements saluèrent cette annonce.

Mon Dieu, je vous en supplie, faites qu'il mentionne mon nom, pria Biddle. Merde, c'était son enquête, après tout! Il ne l'avait pas fait avancer d'un pouce, mais quand même...

«Cain a été abattu sur le lieu du hold-up par... Jack Stiles, responsable du service de sécurité du champ de courses», poursuivit Lutz.

A voir Stiles secouer la tête, chacun se rappela que les héros — les vrais — étaient toujours modestes. La vérité était que Stiles ne se souvenait pas d'avoir tiré sur quiconque. Il revoyait seulement les trois gardes qui avaient pénétré dans la salle de comptage. A propos, où était passé le troisième? Celui avec le sac? Stiles parvint à s'éclipser, laissant à Lutz les feux de la rampe.

«Notre équipe a déchiffré le code de Cain cet après-midi, reprit Lutz. La note était signée Carlos, ce qui signifie, comme vous le savez, Charles, en espagnol...»

Taggart et Rosewood échangèrent des regards

156

écœurés avec Axel. «Venez, dit celui-ci, fichons le camp de ce merdier...»

A l'extérieur de la salle de comptage, deux gardes félicitaient Jack Stiles, visiblement gêné de toutes ces louanges.

«T'es un héros, Jack», dit l'un d'eux.

Axel, qui passait à côté du petit groupe, tendit l'oreille.

«Ma foi, j'sais pas si j'aurais eu le cran de faire c'que t'as fait, Stiles, dit l'autre.

— Ouais, ouais... ânonna Stiles. Mais... mais, dites-moi, où est passé l'argent?

— L'argent? s'exclama un garde. Comment ça, où est passé l'argent?»

Axel fit signe à Taggart et Rosewood de le suivre.

«Ce Stiles n'est pas un idiot, dit-il. Il sait bien qu'il n'a tiré sur personne... et l'argent a disparu. Cain faisait sûrement partie du gang, mais qui a emporté l'argent? Son fantôme?

— Et où est Dent?» fit Taggart à travers un nuage de fumée.

Ils avaient quitté le bâtiment principal et ils se dirigeaient vers le paddock. Des lads ramenaient les chevaux dans leurs écuries. Rosewood s'arrêta devant la porte de l'un des boxes.

«Fais gaffe, dit Taggart, tu marches dans la boue.»

En effet, une eau boueuse de couleur rouge sourdait de sous la porte du box, ondulant autour des chaussures de Billy, avant de s'écouler un peu plus loin dans la rigole.

«Merde!» dit Rosewood, et il s'empressa de rattraper Axel et Taggart qui avaient continué leur chemin.

«Tu disais qu'il embarquait pour l'Amérique du Sud? demanda Taggart.

« — Ouais, et aucune loi ne lui interdit de...»

Axel se tut en remarquant les chaussures de Billy.
«Où as-tu ramassé cette boue? demanda-t-il.

— Là-bas, répondit Rosewood en désignant la rangée de boxes derrière eux. Pourquoi?»

Axel avait déjà vu une boue de cette couleur. Sur
les chaussures de jogging de Bogomil. Ils revinrent
sur leurs pas jusqu'à la stalle d'où continuait de couler
l'eau boueuse.

«Sortez vos flingues, les gars, murmura Axel.

— Quoi? fit Taggart.

— J'ai dit, sortez vos flingues.»

Rosewood et Taggart s'exécutèrent comme s'ils
cédaient à un enfant capricieux. Billy regarda fiè-
rement son arme. C'était la première fois que son
44 magnum quittait son nid de cuir. Sauf, bien sûr,
quand il s'entraînait chez lui devant la glace.

Axel ouvrit la porte de la stalle à la volée. A l'intérieur, un homme âgé en salopette au sigle de L'Equus
lavait au tuyau d'arrosage un superbe gris dont le
ventre et les pattes étaient couverts de boue rouge.

Axel prit un air terrible. «D'où vient ce cheval?»

L'homme se tourna vers lui et écarquilla les yeux
en voyant Axel et les deux revolvers pointés sur lui.

«D'où vient ce cheval? répéta Axel.

— Du pré, répondit le vieux lad.

— Où est ce pré? demanda Axel.

— Là-haut, répondit l'autre avec un geste de la
main. Là-haut, dans les collines. Sur la concession
pétrolière de M. Dent.»

Il y avait une centaine de collines dans cette partie
du monde. «Quelle colline? demanda Taggart avec
une grosse voix de méchant de série B. Comment elle
s'appelle, cette colline?

— Baldwin Hill Park, chevrota l'homme. C'est là qu'on met au pré les chevaux de M. Dent.

— Allons-y!» ordonna Rosewood.

Dès qu'ils furent partis, le vieux lad tomba à genoux et adressa une prière à ses saints.

Un moment plus tard, la Plymouth prenait la direction des collines.

«Bogomil avait la même boue sur ses chaussures de jogging, expliqua Axel aux deux autres, et j'ai dans l'idée qu'il avait découvert quelque chose dans ce pré. C'est même probablement à cause de ça qu'ils ont essayé de l'éliminer.

— N'empêche que je ne comprends toujours pas pourquoi Dent a monté tous ces hold-up alors qu'il a tout l'argent qu'il veut, dit Taggart.

— C'est là que tu te trompes, mon vieux. Dent est au bord de la faillite. Aussi, il organise ces hold-up, nous balance dans les pattes ces messages codés dans le seul but de nous poser des rébus et de nous faire plancher dessus. Je suis sûr qu'il a rédigé le dernier message exprès pour que tous les soupçons se portent sur Cain.»

Rosewood hocha la tête. Il ne comprenait pas très bien.

«Mais pourquoi prendrait-il tous ces risques pour transporter du matériel de forage au Costa Rica? En admettant qu'il ait des problèmes financiers, il pourrait obtenir un prêt, ou je ne sais quoi.»

Le paysage changeait. Ils avaient dépassé les quartiers résidentiels et roulaient maintenant dans la campagne. On aurait eu de la peine à croire qu'il y avait une cité gigantesque à moins de cinquante kilomètres, si à chaque minute un avion de ligne, son train d'atterrissage sorti, n'était pas passé dans le ciel qui s'assombrissait lentement.

«Il y a un un aéroport dans le coin? demanda Axel.

— Oui, répondit Taggart. LAX.

— Hé! Axel, tu n'as pas répondu à ma question, dit Rosewood.

— C'était quoi, Billy, j'ai déjà oublié.

— Le matériel de forage. Si j'ai bien compris, tu disais que Dent avait fait tout ça pour le transporter jusqu'au Costa Rica.»

Axel soupira. «Billy, Dent *n'a pas* de matériel de forage...

— Mais tu disais...

— Ce qu'il y a sur ces listes de matériel à embarquer et ce qu'il peut y avoir dans les caisses sont deux choses différentes.

— Allez! fit Taggart, tu ne vas me dire qu'il exporte de la came en Amérique Centrale! Ce serait le monde à l'envers!

— Non, pas de la drogue, expliqua patiemment Axel. Je pense plutôt à des armes. Des armes qu'il aurait achetées à Thomopolis pour les revendre à l'une de ses anciennes relations au Honduras.

— Mais le champ de courses...

— Il se vole lui-même, donne l'argent à Thomopolis, récupère la prime d'assurance, et le tour est joué.» Du travail propre et net, pensa Axel. A un détail près : il était là, lui, pour lui compliquer la vie, au vieux Max.

«Mais pourquoi est-ce qu'il ne se barre pas avec tout l'argent qu'il a volé? insista Billy, qui mobilisait en vain toutes ses capacités intellectuelles.

— D'abord, Billy, tout cet argent, il l'a donné au Grec. Ensuite, pourquoi se contenterait-il d'un million quand il peut en tirer vingt ou trente? Le marché du pétrole est fluctuant, alors que les armes se vendent toujours au prix fort. Achète pour un million d'armes ici, et tu décupleras ta mise dans n'importe quel pays amateur de castagne. Et c'est pas ça qui manque dans le monde. Tu as compris, maintenant?»

Rosewood eut l'air d'avoir compris. «Oh! je vois, dit-il en hochant la tête comme un métronome.

— Très bien, dit Axel. Arrête la voiture.»

Rosewood se rangea sur le bas-côté. Ils contemplèrent un instant les collines qui moutonnaient, les chevaux, les pompes qui pompaient la précieuse boue noirâtre.

«Regardez-moi tout ce pétrole, dit Taggart, impressionné.

— Où vois-tu du pétrole? demanda Axel.

— Quoi? Tu es aveugle? Tu ne vois pas...

— Je vois des camions», dit Axel, les traits soudain durcis.

Il désigna le vallon de la colline voisine. Deux gros camions grimpaient un chemin de terre en direction de la citerne que Bogomil avait repérée. Dans la lumière de la fin d'après-midi, ils pouvaient distinguer un garde appuyé au pied de l'échelle, sa silhouette armée d'un fusil ciselée par les derniers rayons du soleil.

«On ferait mieux d'aller lui demander s'il a un permis de port d'arme», suggéra Axel.

Ils sortirent de voiture et descendirent dans le vallon, l'arme au poing. Ils étaient exposés au soleil et ils savaient que le garde n'avait qu'à regarder dans leur direction pour les voir. Aussi faisaient-ils de leur mieux pour rester à couvert, progressant par bonds, de rochers en buissons et de derricks en derricks.

Il leur fallut vingt bonnes minutes pour parcourir cinq cents mètres en terrain découvert. Finalement, ils atteignirent la citerne du côté opposé au garde, sans que celui-ci les ait vus.

Axel fit signe à Rosewood et Taggart de faire le tour de la cuve, pendant que lui prenait de l'autre côté. Taggart hocha la tête et passa devant.

Axel se glissa le long de la paroi. Le métal était chaud contre sa peau. Il fallait neutraliser le garde en silence. Axel avait dans l'idée que les camions qu'il avait aperçus devaient transporter pas mal de sbires à la solde de Dent. Il fallait absolument que l'effet de surprise soit de leur côté. Quand la fusillade se déclencherait, Rosewood, Taggart et lui seraient écrasés par le nombre et, après avoir vu Karla à l'œuvre au pas de tir, Axel ne doutait pas qu'à elle seule, elle valût dix bonshommes.

En fait de surprise, ce fut le garde qui en eut une belle quand il se retrouva face à face avec Axel. Celui-ci lui fit un grand sourire.

«Salut, dit-il, t'es-tu jamais demandé, frère, pourquoi Jésus permet tous ces malheurs dans le monde?»

Si ce type s'était déjà posé la question, il ne le montra pas. Il se demanda plutôt pourquoi ce «frère» braquait sur son ventre un Browning 9 mm. Mais il ne devait jamais le savoir. Surgissant derrière lui, Taggart l'assomma d'un formidable coup de crosse de son 38. Le type s'écroula contre la citerne, qui résonna sourdement, puis il glissa à terre.

Axel regarda leurs chaussures maculées de boue rouge. «C'est bien ça, dit-il. Bogomil est venu ici.

— Et regardez-moi ça», dit Rosewood. Il avait enfoncé son index dans la paroi de la citerne. «S'il y avait du pétrole là-dedans, il s'écoulerait.

— Ce n'est plus notre Billy, ami des plantes, des

tortues et des gros calibres, dit Axel à Taggart. C'est le nouveau Sherlock Holmes!»

A son tour, Axel fourra son doigt dans le trou et l'en retira. Pas la moindre trace huileuse. «Cette cuve n'a jamais contenu une seule goutte de pétrole, dit-il. Allons voir ce qu'il y a au-dessus.»

Il grimpa à l'échelle jusqu'en haut. La trappe au centre de la citerne était grippée par la rouille. Il redescendait l'échelle quand, parvenu à mi-hauteur, il remarqua que l'une des plaques d'acier était descellée.

«Billy, tu as ta lame sur toi?»

Billy sortit son cran d'arrêt sicilien et le tendit à Axel. La plaque était en réalité une porte secrète fermée par une mauvaise serrure qu'Axel eut tôt fait de forcer. Il ouvrit le panneau et passa la tête à l'intérieur.

Une fois que ses yeux se furent accoutumés à l'obscurité, il découvrit tout d'abord un véritable atelier de menuiserie : des outils à découper, scier, raboter, et des planches et tout un tas de sciure. Puis, empilées dans un coin, il vit les grandes caisses qui avaient été fabriquées sur place.

Juste en dessous de lui, sur une pile de planches inutilisées, il y avait une étiquette d'expédition. Axel se pencha et parvint à l'attraper «Matériel de forage», lut-il.

«Si ces caisses contiennent du matériel de forage, dit-il tout haut, moi, je suis une souris blanche.

— Une quoi, Axel? demanda Rosewood, perché derrière lui sur l'échelle.

— Rien, rien, Billy.» Axel enjamba l'ouverture et se laissa tomber à l'intérieur. Billy n'hésita qu'une seconde avant de le suivre. Après un rapide tour d'horizon, Axel souleva la bâche qui recouvrait l'une des caisses. Là, empaquetés dans la paille, s'alignaient des fusils automatiques Valmet flambant neufs. Axel estima qu'il devait y en avoir au moins cent cinquante. Et les caisses, certaines aussi volumineuses que des voitures, se comptaient par dizaines.

Axel hocha la tête. Dent avait probablement l'intention de conserver une partie de son stock ici, aux États-Unis, et de prélever caisse après caisse, selon ses besoins, en les acheminant sous l'étiquette «matériel de forage». Après tout, Maxwell Dent n'était-il pas un respectable pétrolier?

Billy souleva une autre bâche. Il plongea la main dans la caisse et en retira ce qui semblait être une brique de pâte à modeler de couleur mastic, enveloppée dans du papier huilé. Il la reposa prudemment. Il savait reconnaître du plastic quand il en voyait.

Axel avait trouvé une autre caisse remplie de fusils. «Tu vois, Billy, dans les pays pauvres où cette marchandise doit être expédiée, ils cherchent du pétrole en tirant des coups de fusil dans le sol. C'est pourquoi ils sont si pauvres.

— C'est incroyable!» murmura Rosewood. Comme tout bon flic, il détestait voir des armes tomber en de mauvaises mains, mais ce n'étaient plus des armes de poing ou d'épaule qu'ils avaient devant eux. Ils trouvèrent des mortiers, des lance-grenades M-79, des bazookas, des Steyr AKM, copie occidentale de l'AK-47, des AUG, armes idéales pour le combat rapproché dans les jungles d'Amérique Centrale. Dans une autre caisse, ils découvrirent des milliers de grenades à main.

Comme un gosse choisissant une friandise, Axel s'empara d'une grenade et la glissa dans sa poche, où elle fit une bosse grosse comme un pamplemousse.

«Il est temps de donner aux méchants la leçon qu'ils méritent», dit-il en posant une échelle contre la paroi en dessous de l'ouverture par laquelle ils avaient pénétré. Rosewood grimpa le premier, suivi de près par Axel. Comme celui-ci posait le pied sur le premier barreau, il remarqua un shotgun appuyé contre un tas de planches, une cartouchière pleine enroulée autour du fût. Classique et efficace, pensa-t-il en se saisissant du fusil de chasse.

« Alors, demanda Taggart, qu'est-ce que vous avez trouvé ?

— Des armes, répondit Axel. Assez pour gagner une guerre. »

Ils s'accroupirent au pied de la citerne.

« Alors, dit Axel, on fonce dans le tas ?

— Pas moyen de faire autrement, dit Taggart.

— Juste nous trois ?

— On peut toujours commencer, dit le sergent. Et puis on attendra l'arrivée de la cavalerie.

— Pourquoi se presser ? demanda Rosewood.

— Pendant que vous étiez là-dedans, dit Taggart en désignant du pouce la citerne, j'ai fait quelques mètres sur la pente, et j'ai aperçu Dent avec la blonde et Thomopolis. Ils ont une vingtaine de types avec eux. Ils chargeaient les camions avec du matériel entreposé dans une grange là-haut...

— Ah ouais ?

— Ils ont aussi un hélico.

— Un hélico de combat ? demanda ingénument Rosewood.

— Non, répondit Taggart. Un gentil petit modèle pour P.-D.G. pressé. Le genre d'appareil qui t'emmène à LAX en quelques minutes pour que tu ne rates pas ton avion.

— Dès que les camions seront chargés... commença Axel.

— Ces salauds foutront le camp, acheva Rose-wood.

— Et nous ne pourrons pas les rattraper, conclut Axel. Même avec Billy au volant. »

Rosewood sourit.

« Il faut attaquer maintenant, décida Axel.

— Je suis pour, affirma Rosewood, comme s'il prêtait serment.

— Moi aussi », dit Taggart.

Axel eut un grand sourire. « Tous pour un, un pour tous ?

— Ouais ! » répondirent en chœur Billy et Taggart.

Axel se tourna vers Rosewood. « D'accord, Billy, voilà ce que tu vas faire. Tu vas regagner la voiture et lancer un appel : officier abattu, sommes sous le feu. Après quoi, tu te ramènes ici. Nous allons avoir besoin de toi. » Billy allait s'élancer comme pour un sprint quand Axel le retint par la manche. « Hé ! Billy, dit-il gravement, ce n'est plus un jeu. Ça va canarder dans tous les coins, alors fais gaffe à tes fesses. »

Rosewood opina du bonnet et s'en fut baissant la tête et le cœur battant.

L'énorme Rolls Royce de Thomopolis faisait face à la route. La voiture seule valait deux cent mille dollars. Avec les dix millions que contenaient les valises rangées dans la malle, on pouvait s'offrir cinquante de ces caisses à roulettes. Cette fois, Dent avait payé rubis sur ongle.

Dent, Karla et le Grec sablaient le champagne que l'un des gorilles avait sorti du petit réfrigérateur à l'arrière de la Rolls. Taggart et Axel, qui avaient rampé jusqu'aux abords de la grange, tendaient des oreilles attentives à la conversation du trio.

« A quelle heure est votre avion ? » demanda Thomopolis. Il serait plus tranquille une fois que Dent aurait quitté le pays, quoiqu'il n'eût pas grand-chose à redouter à cette heure.

Dent jeta un coup d'œil à sa montre. «Nous ne sommes qu'à quelques minutes de l'aéroport, répondit-il en observant les hommes qui chargeaient ses valises et celles de Karla à bord de l'hélicoptère. Inutile de se presser. Vous et vos hommes pouvez partir quand vous voudrez.»

Axel, de derrière son buisson, ne voyait de Karla que ses jambes, ce qui n'était pas décevant en soi. Dommage, il n'aurait certainement plus l'occasion de lui offrir une séance de rasage gratis...

«As-tu averti nos hôtes du Costa Rica de notre arrivée, cette nuit?» demanda-t-il à la jeune femme.

Elle eut un sourire à vous filer des tricotis partout et s'étira comme une chatte. «Le champagne sera frappé à point quand nous arriverons.»

Axel en connaissait quelques-uns qui, eux aussi, allaient être frappés, et qui ne pétilleraient pas de joie pour autant. Il tapota l'épaule de Taggart et ils firent le tour de la grange en restant à couvert derrière les buissons. Les hommes chargeaient l'un des camions de grandes et lourdes caisses. Celles-ci quitteraient LAX cette nuit même. Le chauffeur du véhicule, appuyé nonchalamment contre la portière, surveillait le chargement.

«Taggart, chuchota Axel, tu as de quoi écrire?»

Taggart fouilla ses poches. «Qu'est-ce que tu veux faire? Écrire une lettre?

— Exactement», répondit Axel en lui prenant le stylo des doigts.

Il gribouilla rapidement sur le dos de l'étiquette d'expédition qu'il avait ramassée dans la citerne. Il se relut puis se tourna vers Taggart.

«Attends-moi ici.

— Axel ? demanda Taggart. Où diable vas-tu ?

— Délivrer le message, mec », dit Axel, sortant brusquement de sa cachette. Taggart le regarda avec incrédulité. Cependant, pour la première fois, il ne ressentit aucune douleur, ni au bras gauche ni à la poitrine.

Le chauffeur du camion fut surpris de voir Axel apparaître devant lui, mais il supposa que le Noir travaillait pour le Grec ou pour Dent, sinon il n'aurait jamais pu approcher de la propriété.

« Qu'est-ce que tu veux ? demanda-t-il.

— Que tu remettes ça à Maxwell Dent, dit Axel en lui tendant le message. Nous avons eu des ennuis avec l'autre dépôt. C'est important.

— Pourquoi tu vas pas le porter toi-même ? Je suis chauffeur, moi, pas garçon de course.

— J'ai pas le temps, p'tit mec, grogna Axel. Et si Dent reçoit pas ce message, c'est ton cul qui va chauffer, pas le mien. »

Il planta là le chauffeur et disparut dans les buissons. L'homme pinça les lèvres, jeta sa cigarette et se dirigea vers les patrons.

« Ce fut un plaisir de travailler avec vous, Nikos, disait Dent en serrant la main de Thomopolis. Je suis sûr que nous ferons d'autres affaires ensemble, à l'avenir.

— Je l'espère, dit le Grec en enveloppant la main fine de Dent de son énorme patte poilue. A la condition, toutefois, que ce soit un peu moins... mouvementé, la prochaine fois. » Le Grec vendait des armes, mais il préférait de loin le cliquetis des télex au fracas des fusillades.

« Bien sûr ! dit Dent en riant. Je suis désormais un honorable exploitant pétrolier.

— Parfait », approuva Thomopolis. Il se tourna

vers Karla. «Mademoiselle Fry, ce fut un grand plaisir de vous connaître.» La main de Karla disparut sous la moustache d'un Nikos courbé en deux dans un baisemain.

«Au revoir, monsieur Thomopolis», dit-elle en se demandant quand il allait lui rendre sa main.

Ce fut à ce moment que le chauffeur du camion remit le message à Dent. Celui-ci jeta un coup d'œil sur le papier et pâlit. «Qui vous a donné ça? demanda-t-il au chauffeur.

— Un type, monsieur Dent.

— Un type! Quelqu'un que vous connaissez?

— Pas de mauvaises nouvelles, j'espère?» s'enquit Thomopolis.

Le message était chiffré selon ce bon vieux code qu'Axel avait appris il y a bien longtemps dans les rue de Detroit. Dent le déchiffra rapidement. Le texte était court, mais éloquent. En quelques mots, il signifiait qu'à cette minute même cette belle opération si soigneusement préparée, si magistralement exécutée, hormis quelques bavures sans importance, risquait de capoter parce qu'un sale petit flic obstiné en avait décidé ainsi. Un sale petit flic qui était dans le coin, à les épier.

«Qu'est-ce que dit le message?» demanda Karla.

«*Vous l'avez dans...*» commença-t-il de lire à voix basse. Puis élevant la voix avec rage. «... *le baba! Signé FOLEY*». Il se tourna vers Karla, blême comme une endive. «Cet enfant de salaud!»

Karla eut un doux sourire. Elle avait tellement souhaité tenir Foley dans sa ligne de mire. Enfin, l'occasion allait lui en être donnée!

«Foley? demanda Thomopolis. Qui est Foley?

— Ce Noir qui était à la réception chez Hefner.»

Le visage du Grec s'assombrit. Il s'était fait ridiculiser par cet homme, et Nikos Thomopolis n'aimait pas ça. Il appela ses gorilles, et ceux-ci accoururent drôlement vite pour des gabarits aussi lourds. Thomopolis éructa quelques ordres en grec, et les hommes sortirent leurs calibres.

Karla courut dans la grange et en revint avec un pistolet-mitrailleur qu'elle lança à Dent. Celui-ci s'assura que le chargeur était plein. Un second chargeur était fixé le long de la crosse par une bande adhésive noire. Dent était prêt.

Karla boucla un ceinturon autour de sa taille fine et tira de son étui un gros Dan Wesson 357. Elle était secrètement excitée. Elle qui pensait avoir déposé les armes pour un bail! Elle remplit sa poche d'une douzaine de cartouches supplémentaires. Puis Dent et elle allèrent se mettre à couvert.

Dissimulés derrière un derrick, Axel et Taggart observaient la scène.

«Alors, Taggart, fit Axel, t'es prêt pour la bataille de Beverly Hills?

— J'ai le choix?» demanda Taggart. Mais sur le visage du sergent s'épanouissait un grand sourire.

14

La bataille de Beverly Hills commença par une explosion. Une grosse... et dont Axel était responsable. Taggart et lui quittèrent les abords de la grange pour s'abriter derrière des rochers, attendant que l'ennemi attaque. Axel décida d'inaugurer dignement les hostilités. Il dégoupilla la grenade qu'il avait prise dans le dépôt d'armes.

Taggart le vit avec stupeur courir quelques mètres en direction de la citerne et balancer la grenade à travers la porte restée ouverte. Taggart regretta de ne pas avoir eu le temps de se creuser un trou individuel. Il ne put faire mieux que de s'aplatir comme une crêpe dans la terre. Axel regagna en quatrième vitesse l'abri du rocher. Au même moment, une voix s'éleva derrière eux. Axel tourna la tête et vit Billy planté comme un piquet, totalement inconscient qu'une tonne d'explosifs et de munitions allaient sauter d'une seconde à l'autre.

«Et maintenant qu'est-ce qu'on fait?» demanda Rosewood.

Axel l'attrapa par la ceinture et l'attira derrière le rocher.

«Planque-toi, nom de Dieu! hurla-t-il.

— Pourqu...»

Billy n'eut pas le temps d'achever. Axel lui avait plaqué le visage contre terre.

Thomopolis, Dent, Karla et une demi-douzaine de leurs sbires descendaient la pente de la colline juste au moment où la citerne explosa.

Ce ne fut pas une explosion, mais dix, vingt, trente, à la suite les unes des autres. Un grondement de tonnerre dévala les pentes des collines vers Beverly Hills et s'entendit jusqu'à Santa Monica, à des dizaines de kilomètres de là. Un geyser de feu jaillit dans le ciel. Tous ceux qui habitaient dans le coin se précipitèrent sur leurs téléphones pour maudire les agents immobiliers qui leur avaient assuré que la région n'était pas volcanique.

Le souffle de la première explosion faucha littéralement Dent et sa troupe. L'un des hommes se releva en vacillant, pour être aussitôt abattu par une balle que ni Rosewood ni Taggart ni Axel n'avaient tirée. Elle faisait seulement partie des millions de cartouches qui pétaient en projetant dans toutes les directions des projectiles de tous calibres, depuis les balles de fusils miaulant comme des guêpes folles jusqu'aux roquettes anti-char. La paroi de la citerne n'était plus qu'une dentelle de métal d'une esthétique de fin du monde.

Aux explosions et aux détonations de ce déluge d'acier se mêlait un troisième bruit, bien plus angois-

172

sant et tragique : les hennissements des chevaux qui, terrifiés, galopaient en tous sens, leurs sabots martelant le sol boueux.

«Merde alors! dit Axel, à plat ventre. Et on n'a même pas tiré un seul coup de feu!»

Il n'eut pas à attendre longtemps. Il risqua un coup d'œil à l'angle de son rocher. Thomopolis le vit et ses nervis arrosèrent le granit de balles.

Axel hasarda un nouveau coup d'œil et, cette fois, il vit que Dent et Karla avaient laissé à Thomopolis et sa bande le soin de mener le combat. Ils remontaient vers la grange, les salopards. Ils filaient vers l'hélicoptère! Le vacarme allait attirer tous les flics à cent kilomètres à la ronde, et au diable Foley... Mieux valait la poudre d'escampette que la poudre à canon.

Axel ne l'entendait pas de cette oreille.

«Taggart! Billy! Couvrez-moi!»

Et, sans attendre de réponse, il s'élança à découvert, pour être aussitôt pris sous le feu du Grec. Mais Taggart et son 38 veillaient. L'un des hommes de Thomopolis tomba et ne se releva pas.

Le sergent ne vit pas l'un des tueurs du Grec le viser soigneusement. Une puissante détonation le fit se jeter à terre, persuadé qu'on venait de leur lancer une grenade. Il leva les yeux et vit Rosewood, son 44 magnum fumant du canon. Il ne restait du tueur que quelques lambeaux d'un tissu de qualité.

Billy s'accroupit à côté de Taggart. Il souriait d'une oreille à l'autre. «Je l'ai eu! T'as vu ça?» dit-il, stupéfait de son adresse.

Les balles s'écrasaient tout autour d'eux tandis qu'un pistolet-mitrailleur arrosait leur refuge.

Billy arma le chien du magnum. «Alors, on couvre Axel, oui ou non?»

Tels deux cobras jaillissant d'un rocher, Taggart et

Rosewood se relevèrent et vidèrent leurs chargeurs sur les sbires du Grec qui se mirent aussitôt à l'abri.

Rosewood et Taggart se baissèrent de nouveau pour recharger. Soudain Taggart se figea.

« Hé, qu'est-ce que t'as ? demanda Billy, inquiet à l'idée que son ami ait été touché.

— Chut ! Écoute. »

Rosewood écouta. Puis il sourit comme un soleil. Un bruit lointain montait de la vallée. Un bruit vraiment sympathique. Celui des sirènes de dizaines de voitures de police qui gravissaient dare-dare la route sinueuse des collines.

« La cavalerie ! » s'exclama Rosewood, aussi excité qu'un gamin dans un parc d'attractions. Il fit rouler le barillet de son 44 et, se redressant, fit feu comme un maniaque de la gâchette. Taggart secoua la tête. Décidément, ce Billy l'étonnerait toujours.

Il se releva et accompagna les boums assourdissants du 44 des bangs secs de son 38.

Entre-temps, Axel, le cœur battant à la vitesse limite, avait atteint la grange. Une fois à l'intérieur, il s'aperçut que c'était une écurie, cloisonnée en plusieurs petites pièces et stalles étroites. Son shotgun à la hanche, il avança prudemment de box en box. Dent et Karla devaient être quelque part là-dedans.

Il poussa une porte du bout du canon, et le battant de bois grinça sur ses gonds. Par contraste avec le vacarme qui régnait à l'extérieur, la grange paraissait étrangement silencieuse.

Soudain, la cloison à côté de lui vola en éclats. Axel se jeta à terre et entr'aperçut la silhouette de Karla, le magnum à la main. Par réflexe, il pressa la double détente du shotgun, et les deux balles à ailettes fracassèrent la porte d'un box. Mais Karla avait disparu.

Axel rechargea rapidement. Il trouvait que Karla

avait tiré bien médiocrement pour une tireuse de sa classe. Elle devait être nerveuse. En tout cas, elle avait gâché sa chance, et Axel était bien décidé à ne pas lui en offrir une nouvelle.

Il n'eut pas le loisir de poursuivre ses réflexions. Dent surgit d'une stalle au fond de la grange. Il tenait un pistolet-mitrailleur et il avait perdu l'air suffisant qu'Axel lui connaissait. Le p-m tressauta dans ses mains, mais Axel avait déjà cherché refuge dans une encoignure. Il lâcha les deux coups du shotgun dans la direction de Dent. Un tir d'instinct. Souvent les plus efficaces. Il risqua un coup d'œil, s'attendant à voir le cerveau du gang de l'Alphabet parvenu à la lettre Z, comme zigouillé. Mais ça ne devait pas être le cas : dehors, le vrombissement saccadé des pales de l'hélicoptère s'accéléra.

Axel s'élança vers la porte du fond, prêt à plonger dans la première stalle venue au cas où Karla serait postée quelque part. Mais la tueuse en combinaison de cuir blanc se hâtait de monter dans l'appareil, en compagnie de Dent au milieu du tourbillon de poussière que soulevait le rotor.

Une fois dehors, Axel entendit les sirènes des voitures de police. Il sauta à l'arrière du camion et ouvrit l'une des caisses. La chance lui souriait. Elle était pleine de lance-grenades M-79. Il se saisit du premier qui lui tomba sous la main, l'arma et sauta à terre juste au moment où l'hélicoptère s'élevait. Axel voulait placer sa grenade en plein dans le cockpit. Mais l'arme ne lui était pas très familière, il manqua sa cible et dut se contenter de sectionner l'une des pales. L'appareil, qui n'était qu'à quelques mètres du sol, tournoya follement, comme une libellule amputée d'une aile, et fonça droit sur... le camion. Axel n'eut que le temps de se jeter sous le véhicule tandis que l'hélicoptère s'écrasait à quelques mètres de lui dans une gerbe de flammes.

Quand Axel se risqua à jeter un coup d'œil, il aperçut la silhouette de Dent qui s'enfuyait. Ce type-là aussi avait neuf vies !

Dent se jeta derrière un derrick. Il n'avait pas lâché son pistolet-mitrailleur, et il était décidé à faire payer Axel Foley, dût-il y laisser la vie. L'arme pointée, il attendit son ennemi.

Axel avait rechargé son shotgun. Il s'élança à découvert en direction des pompes, sur la pente de la colline voisine. Tout en courant, il vit des policiers en uniforme engagés dans une fusillade sans merci avec les nervis de Thomopolis. Mais ce n'était pas son affaire. Il voulait Dent et, quand il l'aurait eu, il chercherait Karla, où qu'elle fût.

Une balle siffla à ses oreilles. Il ne savait si elle venait d'un policier, du Grec ou de Dent. Où était-il passé, celui-ci ? Soudain il l'entr'aperçut derrière un derrick, juste au moment où le trépan se relevait. Axel accorda ses mouvements à ceux de la pompe. Dès que le trépan s'abaissa de nouveau, il fonça, contournant le derrick par la gauche. Quelques secondes plus tard, il se tenait derrière le trafiquant d'armes, le shotgun épaulé, prêt à tirer.

« C'est bon, Max, la fête est finie. »

Axel s'attendait à ce que Dent acceptât sa défaite. Après tout, un flic le tenait en joue avec un shotgun, et il devait savoir qu'il n'avait aucune chance, fût-il rapide comme un cobra.

Mais Dent était trop orgueilleux ou trop sûr de lui, ou encore trop optimiste. Il tenta sa chance.

Il pivota sur lui-même en même temps que son doigt pressait la détente du pistolet-mitrailleur. La rafale n'atteignit jamais Axel. Le double canon du fusil de chasse lâcha ses deux coups, et Maxwell Dent fut précipité en enfer.

Axel soupira. Il aurait préféré une arrestation à ce qui avait un goût amer d'exécution. Il ne prit pas la peine de recharger. Les confrères avaient eu raison du gang du Grec et il se figura que Karla avait péri dans l'hélicoptère. Dommage, elle avait de si belles jambes...

Axel se trompait. Comme il se tenait au-dessus du corps de Dent, il sentit le canon tiède d'un revolver contre sa nuque.

Il se raidit, mais se rappela que son arme était déchargée. Il ne pouvait rien faire.

«Le temps de se dire adieu est venu, Foley, dit Karla d'une voix suave.

— Écoutez, Karla, je sais que j'ai peu de chances de vous faire changer d'avis...

— Aucune, en effet», siffla-t-elle. Axel entendit le déclic du chien qu'elle armait. Il trouva ce bruit encore plus assourdissant que l'explosion qui avait inauguré le feu d'artifice.

«Karla... dit-il... tuer un flic est quelque chose de très...»

Mais ses mots se perdirent dans le fracas d'une détonation. Il eut l'impression que sa tête venait d'éclater. Pendant une fraction de seconde il fut certain d'être mort. Puis il vit une mèche blonde voleter jusqu'à ses pieds. Il se retourna. Karla gisait sur le sol boueux, le doigt encore sur la détente de son revolver. Du sang maculait ses cheveux. Axel leva les yeux et vit Taggart, le visage grave, l'arme encore fumante dans sa main.

«J'avais encore jamais tiré sur une femme, articula-t-il avec difficulté.

« — Il y a un commencement à tout, Taggart, dit Axel. Je te dois la vie. »

Taggart haussa les épaules.

Il devait bien y avoir deux cents policiers sur les lieux, à présent. La colline entière semblait clignoter sous les gyrophares des voitures. Les ambulances arrivaient dans les hurlements des sirènes. Nikos Thomopolis demandait à parler à son avocat. Les chevaux, encore affolés par la fusillade, couraient en tous sens en hennissant follement.

Comme si quelqu'un lui avait retiré un fusible, Axel sentit sa tension chuter subitement. Le gang de l'Alphabet n'était plus, et son ami Andrew Bogomil était vengé.

La bataille de Beverly Hills était terminée. Les bons avaient triomphé des méchants.

Axel se demanda comment il allait expliquer tout ça à l'inspecteur Todd.

15

Et à Lutz? La dernière fois qu'Axel, Rosewood et Taggart avaient fait parler d'eux dans Beverly Hills, le capitaine Bogomil était là pour plaider leur cause devant l'ancien patron de la brigade et aplanir les difficultés avec Todd. Cette fois, ils étaient seuls — deux flics assignés à la circulation et un détective de Detroit — pour expliquer à Lutz pourquoi ils avaient résolu une affaire que ce même Lutz avait déclarée classée devant un parterre de journalistes, et pourquoi ils avaient abattu l'un des hommes les plus riches et les plus respectables de Beverly Hills, feu Maxwell Dent, et son assistante, Karla Fry.

Mais à Beverly Hills rien n'arrive jamais comme vous le prévoyez. Une aide inattendue se présenta en la personne de... Nikos Thomopolis. Le Grec obtint de voir son avocat, et ce fut ce dernier qui convainquit le marchand de canons de reconnaître les faits et de confirmer tout ce qu'Axel, Rosewood et Taggart déclareraient. Dans ce cas, son avocat lui garantissait qu'il s'en tirerait avec une amende et quelques mois de prison. Dans l'autre cas, si Thomopolis persistait à clamer son innocence, il pourrait s'estimer heureux en ne prenant que sept ans de ballon.

Thomopolis choisit de se mettre à table. Et ce ne fut pas au chef Harold Lutz qu'il confessa ses péchés. Le maire, Egan, qui faisait la pluie et le beau temps à Beverly Hills, avait déjà viré le chef de la criminelle, et nommé à sa place le capitaine Andrew Bogomil.

Bogomil était entré sans connaissance à l'hosto avec le grade de capitaine. Quand il sortit de son coma, ignorant tout de l'action dévastatrice que Foley avait menée ces trois derniers jours, sa fille Jan et le maire étaient à son chevet pour lui souhaiter une prompte convalescence et le féliciter de sa promotion.

La première question de Bogomil fut : «Axel est venu, n'est-ce pas?»

Jan pleura de joie. Son père était vivant, tiré d'affaire, et ce diable d'homme avait deviné que son copain Axel était encore venu jouer les cow-boys à Beverly Hills.

*
* *

Taggart vint chercher Axel dans son squatt de luxe le lendemain de la fusillade, mais il resta très laconique au sujet des changements survenus la veille. Ils passèrent prendre Rosewood à son appartement et tous trois se rendirent à la brigade.

Axel était content pour ses amis, mais il avait quelques inquiétudes quant à son avenir dans la police de Detroit. Il se garda toutefois d'ennuyer son monde avec ses problèmes. Il avait fait ce qu'il fallait, et il n'y avait pas à revenir là-dessus.

Comme ils poussaient la porte de la brigade, le sergent feignit de se rappeler soudain un détail oublié.

«Ah! ouais, dit-il, autre chose...

— Quoi? demanda Axel.

— Notre maire s'est entretenu avec ton maire toute la matinée», dit-il.

Axel s'arrêta. «Comment ça, votre maire, mon maire. Je ne dépend pas du maire, mais d'un inspecteur.

— C'est ce que j'ai entendu dire, moi aussi, intervint Rosewood. Egan a eu une très longue conversation avec son collègue de Detroit, afin de t'éviter d'être viré.

— Sans blague? dit Axel. Et qu'est-ce qu'il a dit, mon maire?

— Ça, j'en sais rien.

— Mais il y a de l'espoir, non?

— Naturellement, il y a de l'espoir», dit Taggart avec conviction.

Alors qu'ils traversaient le couloir en direction du bureau du patron, ils virent Lutz qui arrivait vers eux, les bras encombrés de dossiers et d'affaires personnelles. Biddle, derrière lui, poussait un fauteuil à roulettes chargé d'autres effets appartenant à Lutz.

«Quoi? s'écria Axel. Lutz sabote toute l'enquête, et il déménage dans un bureau plus grand?

— Ce n'est pas tout à fait ça, murmura Rosewood. Nous avons un nouveau patron.

— Lutz est viré?

— Et comment!» s'exclama Taggart, ravi.

Axel s'arrêta devant Lutz. «Alors, Harold, dit-il, il paraît que vous nous quittez?»

Lutz ricana. «Je ne serai peut-être pas le seul, Foley.

— Ouais, dit Axel, mais, moi, je suis jeune, beau et brillant. Ils ne pourront jamais se passer de moi. A propos, je pourrais peut-être avoir besoin d'un bon flic, capable d'infiltrer le milieu, à Detroit.

— Ah! oui? demanda Lutz, intéressé.

— Écoutez, Harold, est-ce que ça vous gênerait de vous travestir en femme?

— Très drôle, fit Lutz aigrement. Et maintenant laissez-moi passer.» Axel s'écarta avec une révérence ironique, et Lutz démarra, raide comme un piquet, le fidèle Biddle dans son sillage. Comme ils s'éloignaient dans le couloir, Axel entendit Biddle qui disait à Lutz :

«Vous auriez pu l'écouter, au moins. Detroit n'est pas si moche que ça... et il y a beaucoup de policiers qui se déguisent en prostituées pour coincer les souteneurs...

— La ferme, Biddle!

— Alors, dit Axel, se tournant vers Rosewood et Taggart, qui est le nouveau patron? Laissez-moi deviner... Frank Sinatra? Juste? Dites-moi que c'est ça.

— Non, dit Taggart. Mais tu vas bientôt savoir qui. Il a demandé à te voir.»

Andrew Bogomil était assis derrière le bureau qu'occupait Lutz, la veille encore. Il était dans un fauteuil roulant et encore vêtu d'un pyjama de l'hôpital. Mais il avait presque bonne mine, et il ne faisait pas de doute qu'il serait vite rétabli. Son visage s'éclaira en voyant Axel.

«Andrew! s'exclama ce dernier. Tu as maigri, mon vieux!

— Chut, dit Bogomil en posant un doigt sur ses lèvres, ne dérange pas le maire.» Egan, installé sur le canapé, téléphonait. «Il est en conversation avec quelqu'un qui pourrait jouer un grand rôle dans ton avenir.

— Alors, dis-moi, Andrew, dit Axel en se laissant choir sur l'une des chaises du nouveau bureau de Bogomil, ça fait quelle impression d'être le patron?

— Très bonne, répondit le capitaine en riant. Tu devrais t'offrir un coma de quelques jours. Tu auras peut-être la chance de te réveiller chef, toi aussi.»

Egan plaça sa main sur le micro du combiné. «Vous n'aurez pas besoin de ça pour le devenir, Foley, dit-il. Je suis en conversation avec votre propre chef, l'inspecteur Todd.

— Todd...» dit Axel. Il pouvait imaginer qu'Egan apprenait en ce moment même des mots dont il ignorait jusqu'à l'existence.

«Et moi, je suis en conversation avec le chef de la police de Beverly Hills, dit Axel.

— C'est vrai, fit Bogomil avec un sourire. Mais fais attention... tout ce que tu diras pourra être retenu contre toi.

— Tout a été contre moi», répliqua Axel.

Bogomil lui tendit la main et Axel la serra. «Je ne pourrai jamais te dire combien je te suis reconnaissant, Axel.

— Ma foi, Andrew, il y a quelque chose que tu pourrais peut-être faire. Maintenant que tu es le patron de cette brigade, et que moi je me retrouve sans travail...»

Bogomil pâlit légèrement. La brigade de Beverly Hills était-elle assez solide pour supporter Axel Foley à plein temps? Heureusement, le maire vint à son secours.

Egan avait écouté d'une oreille ce que venait de dire Axel au capitaine. Le maire éleva la voix. «Ma foi, inspecteur Todd, comme je l'ai dit à votre maire, nous vous sommes tous extrêmement reconnaissants d'avoir permis à Axel Foley de nous aider dans cette enquête. Axel Foley est un fameux détective.

— J'ai fait *quoi*? beugla Todd. Foley est un fameux *quoi*?» Todd se livra à d'autres commentaires qui firent rougir le maire.

«Eh bien, dit Egan, c'est une façon...» Il chercha le mot juste. «... une façon colorée de voir les choses.

— Colorée? rugit Todd. Cet enfant de salaud est un rebelle!

— Inspecteur Todd, Axel nous a dit que tout ce qu'il sait, il l'a appris sous votre remarquable direction.

— Ma quoi? cria Todd. Écoutez, est-ce que Foley est là?

— Oui, répondit Egan.

— Passez-le-moi.»

Axel prit le téléphone comme si c'était une bombe que les services de déminage avaient renoncé à désamorcer. «Bonjour, inspecteur», dit-il, s'efforçant de prendre un ton cordial.

Comme d'habitude, Todd voulait parler à Axel mais, comme d'habitude, il n'était pas du tout heureux d'entendre sa voix. L'inspecteur jeta un regard courroucé à Jeffrey Friedman, assis sur l'unique chaise du bureau, la jambe droite dans un énorme plâtre.

«Axel? Qu'est-ce que c'est que cette histoire de remarquable direction?

— Ça ne veut rien dire, vraiment, patron», dit Axel. Malgré lui, il était content d'entendre Todd gueuler comme à l'accoutumée. Si Todd s'arrêtait un jour de hurler, Axel craignait que les calottes glacières ne se mettent à fondre ou que la planète Saturne ne sorte de son orbite et ne s'écrase sur l'Indiana. Axel ressentit soudain le mal du pays. La salle lépreuse de la brigade lui manquait, ainsi que les voyous et les tueurs qui se comportaient comme des voyous et comme des tueurs. «Les gens parlent d'une drôle de façon, ici, inspecteur. Je suppose que c'est l'air de la mer qui veut ça.»

Todd secoua la tête. «Je ne sais vraiment pas comment vous vous démerdez, Foley. Hier j'étais prêt à vous faire radier de la police. Aujourd'hui, le maire de Detroit est intervenu personnellement en votre faveur et il tient à me faire citer à l'ordre de la brigade pour avoir loué vos services à la police de Beverly Hills.

— Vous le méritez, certainement, inspecteur, dit Axel.

— Ce n'est pas fini, Foley. D'abord, votre acolyte, Friedman, a bousillé la Ferrari et, au moment de l'accident, il était en compagnie de toute une bande de putains.

— Axel! cria Jeffrey, avec l'espoir de se faire entendre dans l'appareil. Axel, c'était Beverly, ma fiancée, et sa mère!

— Bousillé la Ferrari! gémit Axel. Jeffrey, comment est-ce possible?

— Ouais, bousillé! rugit Todd. Ensuite, puisque vous êtes un héros en Californie, je veux que vous rameniez vos fesses en quatrième vitesse et que vous soyez un héros dans le Michigan. J'attends toujours l'arrestation de ces escrocs à la carte de crédit.»

Axel sourit. Revenez, Axel, disait Todd. Tout est pardonné.

«J'arrive, inspecteur.

— Parfait», dit Todd, et il raccrocha.

Axel regagna son squatt chez les Rosenberg pour y récupérer ses affaires. Taggart et Rosewood l'attendaient dehors. Bogomil les avait chargés de raccompagner Axel à l'aéroport. Celui-ci descendit l'allée en jetant des regards de regret à la luxueuse demeure. Il avait le sentiment qu'il devrait attendre longtemps avant de s'installer de nouveau dans un palais pareil.

«Tu rentres directement à Detroit, Axel? demanda Rosewood. A mon avis, tu devrais prendre un peu de vacances.

— Non, Billy, la Californie m'épuise. Retrouver la bonne petite violence urbaine de Detroit, ce sera ça, mes vacances.»

Il serra dans les siennes la main que lui tendait Taggart.

«Écoute, Taggart, dit-il, j'ai des copines à Detroit que j'aimerais te présenter.

— Axel... bredouilla Taggart, rougissant.

— Non, je t'assure. Des filles superbes et qui ne demanderaient pas mieux que de te repasser tes chemises, graisser ton 38 et tout...»

Taggart détourna les yeux, embarrassé.

«Maureen est revenue, intervint Rosewood.

— Taggart, mon salaud! s'exclama Axel. Elle ne pouvait pas vivre sans toi!»

Taggart trifouilla un gravier du bout de sa chaussure. «Non, c'est seulement que sa mère n'avait pas la télé par câble.»

Axel éclata de rire et jeta son sac sur la banquette de l'El Dorado. Il ouvrit la portière.

«Hé! dit Rosewood, Bogomil nous a demandé de te raccompagner à l'aéroport...

— Inutile, dit Axel, il faut que je dépose la bagnole à l'agence de location. Et puis je déteste les adieux...»

Une longue et élégante Rolls Royce ralentissait devant la maison. Axel plissa les yeux. Il devina qui était dans la voiture.

Il s'installa au volant de la Cadillac et mit le contact. Rosewood lui donna une tape sur l'épaule. «Merci, Axel, dit-il. Merci pour tout.

— Prends bien soin de toi, Billy.»

Axel passa la première, mais garda le pied sur le frein. Le chauffeur de la Rolls aidait un couple âgé à descendre. Ils levèrent les yeux vers la maison, ahuris de découvrir que les travaux n'étaient pas achevés.

Taggart s'avança. «S'il y a quelque chose qu'on peut faire pour toi, Axel?

— Ma foi, oui, il y a quelque chose...

— Vas-y, parle, dit Taggart. C'est comme si c'était fait.»

Axel déposa les clés de la maison dans la main de Taggart. Il lui désigna le couple. «Si vous voulez bien expliquer à ma place aux Rosenberg pourquoi vous avez squatté leur baraque...»

Il démarra lentement et descendit tranquillement Hillcrest.

Taggart et Rosewood se retournèrent et virent M. Rosenberg s'avancer vers eux. Pendant une seconde, Billy pensa qu'il serait plus simple de se flinguer que d'expliquer ça au milliardaire en pétard.

Peut-être, se dit-il, que la vie n'était pas si drôle que ça, après tout, quand Axel Foley traînait dans le coin.

IMPRIMÉ EN FRANCE PAR BRODARD ET TAUPIN
Usine de La Flèche, 72200.
Loi n° 49-956 du 16 juillet 1949 sur les publications destinées à la jeunesse.
Dépôt : août 1987.